主编 凌翔

当代作家精品·小说卷

姐娘儿

车军 著

天津出版传媒集团

天津人民出版社

图书在版编目（CIP）数据

姐娘儿 / 车军著 . -- 天津：天津人民出版社，
2024.7
（当代作家精品 / 凌翔主编 . 小说卷）
ISBN 978-7-201-20518-2

Ⅰ . ①姐… Ⅱ . ①车… Ⅲ . ①长篇小说—中国—当代
Ⅳ . ① I247.5

中国国家版本馆 CIP 数据核字（2024）第 111949 号

姐娘儿
JIE NIANG ER

出　　版	天津人民出版社
出 版 人	刘锦泉
地　　址	天津市和平区西康路 35 号康岳大厦
邮政编码	300051
邮购电话	（022）23332469
电子信箱	reader@tjrmcbs.com

责任编辑	岳　勇
封面设计	陈　姝
主编邮箱	jfjb-lx2007@163.com

印　　刷	三河市金元印装有限公司
经　　销	新华书店
开　　本	710 毫米 ×1000 毫米　1/16
印　　张	13.5
字　　数	200 千字
版次印次	2024 年 7 月第 1 版　2024 年 7 月第 1 次印刷
定　　价	49.80 元

仇鹏燕来到世上不久，父母便相继身亡于废黄河。年长乳儿太平二十岁的姐姐春燕，吃尽千辛万苦将他抚养成人，当年老的姐姐孤寂地死在汰黄堆，做了官的仇鹏燕却没有捧姐姐的骨灰盒入土，匆匆离开了小村，乡邻们大为不解、骂声四起……

——写在前面的话

目 录

上篇

一

　　一条灰黑色野狗风似的蹿上汰黄堆，紧随其后狂吠的是庄上的杂毛狗。野狗奔到土神庙那株百年苦楝（村人称楝枣）树下，扭过满嘴粘着狗毛的头，探看落在后面的杂毛狗，猛夹一下粘满污秽的尾巴，往废黄河滩跑去。杂毛狗们追到苦楝树下，并未看落荒逃进灌木丛的野狗，倒是冲着高悬在空中稀疏摇曳的苦楝树枝叶，长吼一通散去了。

　　灰黑色野狗穿过沙尘茫茫的黄河滩，回头望望被抛在身后的苍黄小村，一头扎进了数百年来小村村民死后埋骨的坟场。野狗没跑几步，一个激灵站住了，它没像以往般狂叫，而是抖抖嘴角的狗毛，惶恐地盯着咫尺远一个趴在坟头上的汉子看。汉子正抽搐着，显然不知道身后有一条盯着他的野狗。汉子伸手拍打着石碑道："姐呀，我对不起你，我没脸见你。"狗人模人样地趴下，将抹掉嘴边沾血的杂毛，警惕地注视着四野，不时盯汉子一眼，那神情像与人斗智的狼。

　　太阳落下黄河了，天地呈一片苍黄色，初冬的黄河滩显得格外萧索。好一阵子没有声息的汉子翻身坐起，泪眼蒙眬中看到端坐在身后的狗，吓了一跳。他与狗对视着，不敢轻举妄动。狗低猗着，既未挪动，也未理他，眼角分明沁出了泪。汉子的心不由一动，缓缓站起，抬眼看看隐隐约约的小村，说："走吧。"汉子的意思是你这条狗走吧、滚吧，该到哪到哪、别挡我的路，我得走了。

汉子推起自行车，回头看一眼墓碑，说："大姐，安息吧，我会常来看你的。"他上了土路，刚跨上车，想不到那条野狗撵上来，贴着他的车后轮跑。汉子愤怒了，跳下车，拎起后轮扫一下狗，骂道："死狗，我仇鹏燕招你惹你了。"野狗受惊吓小跑开，狺狺着，又似人般坐下，伸舌头舔舔被车轮扫上的左爪，盯着愤愤远去的仇鹏燕，露出迷茫的神态。

仇鹏燕穴居的小城沙河在东南方向，距离汰黄堆村二十来里。仇鹏燕垂着眼帘冲进了沙苑小区，门卫老侯头一愣，盯着已拐弯的背影喊："仇县长——下午有人找你。"不知仇鹏燕是否听到，他没有应答，穿过两幢楼之间的通道，将自行车架在楼梯通道旁，踏着黄黄的灯光往楼上噔噔噔地奔去。老侯头撇撇嘴，想说什么终究没吱声，就在他进值班室的瞬间，一条肮脏的黑影溜进了小区。

仇鹏燕奔到五楼，掏出钥匙扭动防盗门门锁时，楼梯口蹿上来一个幽灵，他的手不由得哆嗦起来，锁竟无法打开。恐惧中扭过头骂道："你是鬼魂缠身啊。"

野狗矬着屁股退了一个台阶，狺两声，好似说："就跟着你，你能把我怎么着。"

仇鹏燕暴吼一声："滚！"钥匙随着他的恼怒转开了门。仇鹏燕愤然进屋，"哐啷"关上防盗门，又带上木门，探手摁亮日光灯，一屁股坐沙发上，沙发腿发出难听的呻吟。

仇鹏燕的房子是小套型两室一厅，不足六十平方米，原是宿舍，后得益于政府的福利房政策，仇鹏燕将其购买了下来。房子略显陈旧，墙壁上印着雨水渗下的污痕，橱、柜失去光泽，阳台、窗户积聚着灰尘，屋角悬挂着蛛网，粘了不少干空的蠓虫蚊蚋，看情形好长时间没住人了。仇鹏燕猛抽了一通香烟，进厨房，摇摇水瓶，空的，猛地把水瓶蹾到灶台上。他趴在自来水龙头下吞饮一通冷水，伸手抹掉嘴角的水滴，在客厅兜起圈来：这不人不鬼……

夜深了，仇鹏燕叹口气，决定到大排档吃点夜宵。他打开木门，发觉那条野狗还静静地坐在防盗门外。仇鹏燕鼻子一酸，嘀咕道："狗东西，许多人都不敢靠近我了，你倒跟着我，难道你认识我？"推开防盗门，野狗后退了两步。仇鹏燕骂道："狗东西，进来吧。"狗好像听懂了他的话，温和地看他一眼，悄没声地溜进了门。仇鹏燕说："待会儿老子带点东西给你吃。"狗犭犬着，似乎说："谢谢。"

仇鹏燕把大排档上带回的包裹抖开，吆喝蜷在沙发旁的野狗道："吃吧，明早不许赖我这儿了。"狗顾不上听他唠叨，扑上剩菜剩饭嚼起来。仇鹏燕厌恶地看一眼吃相不雅的狗，甚觉无趣。打开手机，"嘀嘀"几声，钻进两则信息：一则，三河县城东豪华商住小区二期工程启动开盘，欢迎广大市民订购；另一则，下午访您不遇，敬请仇县长明晚到"巴比伦"为您接风洗尘，落款马成功。

马成功曾是仇鹏燕的部下，后下海发了财，现为江南一家商贸公司的总经理。去年在沙河县开了分公司，交给他小舅子经营，他本人也时常来沙河监管打理。马成功与仇鹏燕的关系不同一般，不过仇鹏燕不想见他，也不想见任何人。

仇鹏燕踱了几步，特想给在上海读大学的女儿小娅打个电话，他几个月没联系过她了，觉得很对不起女儿。对李莉也略感愧疚，这些年都是李莉照顾小娅的。他拿起电话，毫无声音，才想起电话早报停了。掏出手机拨打，女儿已关机。仇鹏燕耸耸肩，关了手机进内室，拍拍泛着霉味的被子，摸本书准备休息。

狗吃完食，舔舔地砖、舔舔嘴唇，蹑着小步趴到门后眯上了眼。仇鹏燕探头看看守着门儿假寐的狗，摇摇头道："它倒像个主人似的。"

二

　　时光交错一下，完整的故事得从 20 世纪 60 年代初说起。

　　那时汰黄堆公社汰黄堆大队人口没有现在稠密，小村也就一百多户人家。这年冬天的汰黄堆奇寒无比，大雪封门，足有两尺多厚，废黄河（小村人习惯称黄河）凝结的冰层比哪一年都厚。往年寒冬河面顶多能供行人通过，今年可驱赶马车。还处于三年自然灾害末期，对贫困的小村人来说，这无疑是雪上加霜。

　　冬至不久的一天，早晨四点，距土神庙不足百米的仇友德一家愁喜交加，喜的是多年未开怀的仇家女主人卜玉英生了个男孩。婴儿虽猫似的瘦小，但夫妻俩及闺娘仇春燕高兴死了，仇友德、仇春燕父女争着抱婴儿看，接生婆王奶奶翻着眼说，别冻了小囵（江淮土语读"jiù"），忙将大尿布包裹着的婴儿轻轻塞进了卜玉英的热被窝。也难怪，卜玉英的大闺娘已虚二十岁了，尽管卜玉英在生了春燕后又生了三个女孩，但都没抓住，接下来卜玉英十年没开怀，而今落生的是个带把的，仇家能不喜极吗？愁的是啥呢？仇友德环顾四周，除了老油柜旁不足百斤的山芋干、柜子里二斤做自留地种子的稻头，没其他吃食了，甭说没下奶的东西，就这一冬一春的日子怎么熬都是问题。

　　天放亮，颠着小脚的王奶奶临出仇家草房，手伸火盆上烤烤，捏一撮红砂糖放嘴里算收了接生喜钱，抵死不肯要仇家为她买的一斤红糖。老太太抿了抿干瘪的粘满甜香的嘴说："给玉英补身子吧，产后身子弱，大意不得的。"卜玉英感动得要哭，乡下再穷，接生婆的喜份子得给的，再说王奶奶与仇家不沾亲带故，这可是天大的人情啊。王奶奶说："春燕妈，月子哭不得，伤眼睛。"仇友德吸溜着鼻子，推开柴门，躲小锅屋（厨房）烧水去了。乖巧的仇春燕忙搀着王奶奶踏进茫茫雪地，送王奶奶回三十米外的家。

娃娃诞生就是一张嘴，可卜玉英下垂的乳房像干匏瓜挤不出一点奶汁，听着儿子病猫似的啼哭，卜玉英急，仇友德更急。卜玉英接过春燕端来的红糖水喝了几口，将黑窑碗放到床边的板凳上，掀起棉袄抚摸着松垮垮的乳房，将奶头塞进乳儿的嘴里。婴儿停了哭声，滋滋地吮奶汁，吮得卜玉英身子一抽一抽的，好像把她仅有的一点血都吮干了。然而婴儿吮了几口，龇着奶头又发出了尖细的啼哭声。卜玉英只好用指头沾甜水给儿子吮，孩子边吮边"嗡嗳"着哭。卜玉英苦着脸说："他大（爸），怎办？"仇友德说："咋办，讨债鬼来得不是时候，冰天雪地的连麻雀都赖在窝里。"卜玉英拿枕头砸向仇友德，吼道："儿子得罪你了！"仇友德说："好好，我去破冰。"卜玉英的心一颤，低声道："他大。"卜玉英不敢说下去了。

村里王老五去年冬为给婆娘下奶到黄河破冰，结果连人带冰随鱼下去了，吓得村人一冬没敢去黄河砸冰，说是河神爷嘴馋了收人呢。废黄河虽然因黄河改道与主流断绝了约百年，但由于和淮河、运河相连，大水依然汹涌，尤其九龙口构筑的泄洪滚水坝落差有十多米，古老的黄河每年夏天泛洪时都要收人，去年夏天没收人，冬天还发了虎威。

仇友德瞥着卜玉英说："多少年冰也没今冬厚，王老五出事怪他自己，粘在冰上的鱼能逮，下钩钓也行，哪个叫他下网了，黄河潜流自古恶，他也不是不晓得的。"倒也是，往年汰黄堆村几个鱼耗子都是砸破粘着鱼的冰层，或守着冰窟窿垂钓。

仇友德拎起铁锤、錾子及系在短棍上的鱼钩出门，仇春燕也想跟去，被仇友德翻着眼睛瞪回了。仇春燕吐了下舌头，汰黄堆习俗，黄河冰冻威猛淫烂，女人家属水性，破不得寒冰，捉不得冰鱼的。

汰黄堆村产妇下奶物跟全国大多城乡产妇一样，用的是朝鱼（鲫鱼）熬汤，这东西极管用，实在不行才寻其他偏方。仇友德在九龙口下游一条通村道的黄河口岸破的冰，收获不算小，除砸来几条巴掌大的朝鱼（鲫鱼），还钓了一条三斤来重的红鲤鱼。仇友德高兴死了，捉住鱼的瞬间吼叫："鲤鱼跳龙门就是龙，看来我儿是贵人呢。"

卜玉英喝了三天朝鱼汤，匏瓜变成新鲜的水葫芦，奶头涨得像熟透的紫葡萄，滚圆透亮，一个月里将婴儿奶得像头肉滚滚的小猪。中年得子的仇友德夫妇商量，家里再拿不出东西，满月酒还是要办的。逢集那天，仇友德将脚仔猪（不足百斤）赶到八里外的汰黄堆露水集市换了钱，又将家里的五只鸡宰了三只，请了至亲和大小队干部及邻村测字算卦的吴先生，筹办了大人连小孩一同围坐的三桌酒席。

满月那天，亲戚、邻居对孩子大大地夸赞了一番，几个妇女轮流抱过孩子，说小囝天庭饱满，长得鼻子是鼻子、眼睛是眼睛，瞧这胎发密匝匝的，天生福相。舅舅卜玉民端着烟袋陪着抽洋烟的大队白书记、陈大队长、华会计及生产队沙队长在八仙桌前唠嗑儿，几个大队干部看着孩子也不禁感叹着，仇友德也能养出这么白胖的小子，一点也不像贫下中农家的。热热闹闹中，仇友德点响酒宴开席的鞭炮。酒过三巡，轮到请吴先生给孩子起名了。吴先生背着手围绕孩子看几圈，好像一时起不出满意的名字，念念有词的嘴中竟轻声冒了句大伙没听清的话："地角差了些，不然……"吴先生突然大声道："有了，太平，稳固地角，一辈子太太平平。"亲戚们相顾片刻，击掌、叫好声鹊起。卜玉英亲了口儿子说："太平，儿子，你叫太平了。"小太平清澈的眼睛乱瞅着，忽然往卜玉英胸前散发着奶香味的黑棉袄里拱，众人大笑。仇友德摇摇头道："你这婆娘，他哪里晓得自己叫太平。"

吴先生见大家都满意了，说："小名就这么定了。"口中再次念念有词："大名嘛？学名嘛？"不知谁喊了句："跟小囡大姐顺，叫春雷吧。"吴先生问仇友德："家谱是'春'字吗？"仇友德说："俺仇家孤门小姓的哪来家谱。"吴先生点点头，表示明白了。其实不仅仅吴先生明白，整条汰黄堆几个村的人都明白，汰黄堆大队是标准的杂姓庄，小村虽有千百年历史，但村人大都是近二三百年避黄水、淮水陆续逃荒流浪才来这儿杂居的，村里纵有个别大姓人家也顶多七八十口人。吴先生说："不可用春雷，'正月雷遍地贼'，再配上他的姓去仇（求）春雷，哪里还能太平？"吴先生接着说："按说这大名该由小囡他舅起。"卜玉民忙摇摇头说："我不识字哪里会起名字。"吴先生说："那就只好我代劳了，所以我要慎重啊，得给孩子起个好名字，才能应照他一辈子的前程。"

众人点头，佩服吴先生懂得多。吴先生兜售了半篓子话，最后一击掌道："叫鹏燕吧。"众人不懂，眨巴着眼睛看吴先生。吴先生卖弄地说："大鹏一拍翅膀就能飞九万里，志向大不大？燕子再天南地北的飞，年年还得飞进我们这茅草屋筑窝，这叫恋家顾家，当然也与姐姐续上个燕字。所以说，日后小囡无论做多大的官都不会忘本，而且和他家的姓不犯嫌。"白书记不由敬了吴先生一杯酒，说他有学问。众人随即连声称好，为孩子有了个好名字纷纷干杯。

年关逼近了，小村四野的寒气仍然逼人，积雪虽融化了不少，但汰黄堆、黄河滩及相连的几个村庄和果林场依然被白茫茫笼罩着，不过人们透过寒流已嗅到早春的气息。最巴望过年的是孩子，小庄断断续续响起孩子向天空扔放的爆竹，给清贫的生活增添了一份喜庆。腊月二十八早晨，仇友德喝过粥去黄河破冰。仇友德捉鱼已不完全是为奶水充足的卜玉英了，他将不熬汤的鱼腌制起来，以备过年、以备春荒。谁也没有想到仇友德这一去再也没回来。

那天上午十点来钟，仇友德蹲在砸出洞的冰层上捕鱼，果林场赶马车的王二麻子驱着马车从黄河对面过来，他看到老熟人仇友德，停下，与仇友德拉呱几句抽袋烟，瞧会儿热闹，跳上马车走了。王二麻子做梦也没有想到，他的马车刚爬上岸，身后传来咔嚓嚓的冰层破裂声。王二麻子打个冷战，掉头看到刚起身逃跑的仇友德滑下了冰窟窿。王二麻子眼睁睁地看着仇友德扒着滑溜溜的冰块连呼带叫地挣扎了几下，便翻卷到冰层下骚动的水流里。

王二麻子失魂落魄地跑到仇家，卜玉英母女闻听消息，惊呼一声，一趔一滑向黄河滩跑，半道上娘儿俩都瘫在雪地上爬不起来了。

仇家过了一个哭声凄切的春节。仇友德的尸体直到农历春三月黄河全面解冰，才在黄河下游的铁水牛附近找到。

仇家遭此横祸，卜玉英几乎垮了，整日不言不语，以泪洗面。王二麻子愧疚得半死，隔三岔五到仇家探看，但没敢吐露半点当时的实情，只说自己路过那儿，眼睁睁地看着仇大哥滑下去。说到此，王二麻子猛抽烟斗道："大冷天的冰块怎么说裂就裂了，黄河冬天也收人么？"

接下来厄运似乎盯上了仇家。六月的一天傍晚，情绪已稳定的卜玉英为省点路去黄河担水，卜玉英舀满两桶水刚起身，突然就下了河。在黄河堤上放牛的小狗子说："河面上漂着一顶红帽子，仇大婶下河去捞，帽子也怪，直奔河心跑，仇大婶没有够到帽子，人却沉下去了。"与小狗子一同放牛的二蛋则说："明明是西瓜，仇大婶没有捞着西瓜，被西瓜引到河里没上来。"为此俩小子一直争论，差点动手干架，都说自己看得真。村人喝骂开他俩，其实大伙都明白，多年了，只要黄河冒出西瓜、红帽子之类的东西，就是水鬼找替身了，如果哪个下去捞非淹死不可。村人不明白这道理卜玉英不可能不知道，她怎么犯傻了呢？忽然有人拍脑门说，肯定不是红帽子、西瓜，卜玉英看到的是仇友德。邻村侥幸没淹死的人说过，河面上露出一条光敞敞的大马路，熟人或者亲人在前头向自己招手，被人救过来才知道，那是水鬼变的。

不管怎么说，仇友德、卜玉英两口子前后不到半年相继亡身黄河了，流言在小村四溢，仇家的小太平命硬，克死了父母。一日，卜玉民上门，打算将小太平送人，说仇家不能养这东西，干脆当畜生放生吧。其实卜玉民说的是气话，他是心疼姐姐身亡，外甥女持家艰难，才这么说的。倘若真送人，也是他抱回家去。仇春燕哪里肯让，她紧紧地搂着小太平，说："我不怕被克死，我养活小弟。"

三

　　仇春燕带着哺乳期的弟弟开始了苦难的生活，她抱着因饥饿哭闹的小太平吃过多个正在奶孩子女人的乳汁，喝过一些邻居的稀粥，在村人同情、怜悯，当然也有不高兴、反感的目光中，姐弟俩相依为命地活着。仇春燕看着小太平一天一天成长，心中流淌着苦涩的蜜意。

　　开春的一天清早，当仇春燕听到虚三岁才会冒话的弟弟喊她妈妈，喊得她泪流满面，一口气跑到卜玉英、仇友德坟上大哭了一场："小弟会喊妈了，妈妈，你答应小弟呀！"卜玉英、仇友德泉下有知该笑几声的，然而衰草萋萋的坟头死寂死寂的。后来的日子，仇春燕反复纠正小太平喊她姐姐，太平好像很为难，钻在仇春燕怀里，不是将她喊成妈，就是姐，或者是妈姐、姐妈的没个定数，直至四岁，他好像才搞懂姐和妈的含义。

　　日子黄河水似的流淌，说一日如十年成，说十年如一日也行，仇春燕艰辛地将小太平抚养到了入学年龄。那时全国的各种运动已趋白热化，不过汰黄堆大队相对平静些，当然批斗会、群众大会也时有发生，搞得小村鸡飞狗跳。村里的一个地主两个富农和几个下放到小村的反坏右分子，时常被群众押到小学校操场上批判得体无完肤。白书记、陈大队长相继靠边站了，有时还加入到反坏右队伍中。华会计仍干着会计，沙队长做了大队书记。大队长姓孙，以往不声不气、不显山露水的，一下子却成了小村的风云人物。人们好像着了魔，不过一阵风一阵雨的，并未闹腾得咋样，没有发生打死人风波，连汰黄堆畔的土神庙，也仅将土地爷爷土地奶奶敲掉扔进农田，而没有彻底捣毁，大家就这么相安无事地生活着、斗争着、劳动着。这种情况，在那个年代算得上是异数，因为汰黄堆人太纯厚了，他们不因外界的冲击而改变人本质上的内核。

新春快开学了（几年后改暑期为全年的期终）。这日下午，仇春燕带小太平去汰黄堆小学入学，负责报名的是刚从黄河大队小学调来的黄德贵，他两只小眼睛电光似的扫一眼仇春燕，问："小太平有八岁吗？"小太平缩在姐姐身后，伸出环成"9"的食指又忙缩回去放嘴里。黄德贵"嗤"的笑了。仇春燕浅浅一笑，反手拽出小太平衔在嘴里的食指，说："前年就该上学了，可弟弟不肯上，只好由他多玩两年，今年虚九岁可不能再荒废学习了。"黄德贵点点头，心想这姑娘挺迷信的呵，七上八下。也怪难，乡下人信奉伢子七岁念书精，就能上进，就能出人头地，八岁则不能读书，否则念不下去。自己也是乡下人，懂这个礼数，当年七岁时就是被父母赶进学堂的。这里的七岁，和国家义务教育规定的七岁是两个概念，乡下只认虚岁，明为七岁，实则六岁。倘若黄德贵说，你弟弟去年读书刚好七岁，春燕一定认为这个老师说假话，八岁就是八岁，怎么能说成七岁，难道人家问你多少岁，你还能说自己多少周岁？那是被人笑话的，乡下一般称死人才说多少周岁或多少周祭。

黄贵德接过户口本，盯一眼户主名字，又翻看第二页，将学名"仇鹏燕"记到报名簿上。

汰黄堆小学虽也跟着外面的形势跑，但每天五堂课还是照常上的。校长是城里人，半数以上老师都是汰黄堆大队的识字人，虽然最高文化仅初中毕业，但教村童绰绰有余。

仇春燕牵着小太平的手走出学校，经过校门前的汪水塘，上了汰黄堆。到土神庙时，仇春燕说："小弟，大姐下田了，你到家别乱跑。"小太平吸溜着鼻孔垂拖下来的黄龙道："好的，大姐。"仇春燕替弟弟擤掉鼻涕，手放鞋底边上擦擦，走了。

掌灯时分，仇春燕回家，见黑灯黑火的门敞着，不由奇怪，弟弟溜哪去了？长这么大，小太平一直听姐姐话的，画个圈他绝对像唐三藏似的待里头不越雷池。仇春燕拐到锅房（厨房）摸洋火（火柴）时，锅腔（灶）下传来狺狺声。仇春燕吓一跳，连声吼："死狗！外面去！"然而狺狺依旧，不见狗出来。仇春燕哆嗦着摸到灶台上的洋火划着，凑着暗红的火光，呆了！弟弟挂着两行泪搂着一条小花狗坐在乱草中，仰着头说："大姐，我要养小狗。"仇春燕皱着眉问："小狗哪来的？"小太平抽抽噎噎讲，仇春燕才明白怎么回事。

原来她往南走向农田时，小太平往北没走几步，忽然折转身冲上汰黄堆，他瞅瞅越走越远的姐姐，撒腿跑到楝枣树下抱起了窝在树根的一条小花狗。小花狗顶多两个月大，瘦了巴叽的，看样子饿坏了，尖着嗓子狺叫几声，伸出红红的舌头舔着小太平脏兮兮的手背。小太平说："你是哪家的？你狗大狗妈呢？大姐不喜欢小狗小猫，也不准我瞎养，我才没当大姐面抱你。"小花狗狺狺着，不知想表达啥。小太平探出污垢兮兮的"五指耙"梳理着狗毛说："你真可怜呀，跟我一样没大没妈吗？我抱你回家，求大姐收留你。"

仇春燕鼻子一酸，说："到堂屋去。"小太平抱着小狗跟姐姐进了屋。仇春燕点亮油灯，沉默了良久说："小弟，你已经是小学生了，以后要专心念书，大姐只念过几天冬学，一辈子刨地的命，你长大一定要做个有出息的人，你说你以后天天围着狗转怎么能有出息？"小太平嘟囔着嘴说："我和小狗做伴，我和小狗一定好好念书。"仇春燕气笑了："狗念什么书，真胡闹，老师能让你带狗进课堂？"小太平头一昂说："给带，二丫、小老虎、大牛、李小毛子都带狗进过课堂的。"他说的这些村童都是头年入学的娃娃。仇春燕说："我不相信老师天天让狗进课堂。"小太平说："大姐，给我养小狗我就念书，不给我养我就不念了。"仇春燕："你怎么这样不听话？不跟你磨牙了，我要弄饭了。"小太平说："给我养小狗我就听话了，我还帮大姐弄饭。"

仇春燕抬脚上锅房，门外传来华会计的声音："春燕在家吗？"仇春燕"哎"地应了一声，扭身看到星月下站着两个人影。仇春燕将人让到门槛才看清另一个是黄德贵。仇春燕"咦"了一声，心说，黄老师来干吗？华会计问："吃过了吗？"仇春燕说："饭还没弄呢。"华会计道："哦，跟你说两句话就走。"仇春燕眨巴着眼睛静待下文。华会计说："小太平，你跟黄老师外去玩一会，我跟你大姐说两句话。"小太平眼一翻，说："就不。"华会计不明就里。其实小太平是不放心姐姐才翻眼的。仇春燕意识到了什么，说："小弟，你和黄老师出去一下。"小太平很不解地喊了声"大姐"。仇春燕温和地笑笑，说："去吧。"小太平这才抱起小狗看也没看华会计、黄德贵颠颠地跑了出去。黄德贵挠挠脖子，不好意思地看一眼仇春燕，也出去了。

华会计开门见山地说："春燕，我也不跟你绕弯子了，黄德贵是我远房亲戚，往来不多，但他的情况我了解些，黄河大队的。"仇鹏燕"哦"了一声，意思一个公社的人嘛。华会计接着说："贫农家庭，兄弟姊妹七个，他排行老四，小你两岁，家境一般，民办教师，至今还没谈对象，原因我不说了，反正是高不成低不就眼阔四海将自己耽误了。今儿他跑到我家打听你，求我向你提亲。"仇春燕两颊飞上了淡淡的红晕，绞着手指低下了头。华会计说："我跟黄德贵说了你家的特殊情况，他说他不会看走眼的，只要你愿意，他什么条件都答应。"

仇春燕心里像打翻了五味瓶，歌德说过，哪个少女不怀春？仇春燕生理心理都健全，有过五彩梦飞的季节，可近年来她关闭了心扉，只让梦在梦里飞，不允许她飞到现实生活中。仇友德、卜玉英在世时，曾给仇春燕在淮河大队许下一门亲事，小伙子姓朱，在部队上，比仇春燕大两岁。朱同志回家探亲时，春燕与他见过一面，小伙子黑些，但五官端正，个头也不矮。春燕觉得还可以。仇友德、卜玉英更是满意，因为男方家条件硬实，兄妹三人，他是老大，父亲在黄淮地区一家工厂上班，母亲是妇女队长，小伙子在部队即使提不了干，也有望抵父亲职吃公家饭。岂料天有不测风云，仇友德、卜玉英相继去世，仇春燕孤身抚养弟弟，说出嫁得带着弟弟。男方家不乐意了，特别是那个妇女队长坚决不同意，说会留下很多麻烦甚至后患的，于是这门亲事吹了。

仇春燕并未觉得有多伤心，那时她的满眼、满腹、满心思中只有弟弟小太平，承担起母亲、父亲的责任，将少女的心早早磨出了茧。村里一些媒婆三番五次给春燕找婆家，期望春燕能有个完整的家过日子，但几乎全失败了，因为春燕提出的条件，舅舅听了都直皱眉，何况别人。故而，即使有人同意考虑，最终也不了了之。春燕条件是什么呢？一是结婚暂不离家，男方得上门共同抚养弟弟，直到小太平长大成人，仇春燕才到男方家去；二是小太平十岁之前，仇春燕不要小孩；三是男方绝对听仇春燕的，不允许欺负小太平。这几个条件搁在当下不算什么，即使不舒服也可商榷。但在那个年代汰黄堆十里八村的人家没有小伙子愿到女方家入赘，视之为丢人、有辱祖上，即便有个别倒插门的，也是去奉养有女无儿的岳父岳母，是当作儿子进门的。可仇春燕的条件既不算倒插门，也不是奉养老人，是去养活襁褓中的小舅子，苦死累死的家产还是仇家的，况且凡结婚男女都信奉"早生儿子早得计"的老话，你仇春燕推迟十年八载的才同意生小孩，这不是拿人寻开心吗？仇春燕是值得同情，可没人愿意犯这个傻，除非实在是没女人愿嫁。这么一来，仇春燕就耽误到了二十八九岁。有人说仇春燕死心眼，有人敬佩仇春燕为弟弟牺牲自己，有人认为仇春燕脑子有病，只怕连女人的功能都没有。于是就有心术不正的家伙打仇春燕主意，孤门单姓的仇春燕只有加强自我防范了。家在黄河北的舅舅卜玉民隔三岔五的来看看外甥女、外甥，有次还将家中的大花狗牵来给仇春燕看家，怕狗的仇春燕没有要。外面风震云荡，小村也你方唱罢我登场，仇春燕似乎是局外人，从不像其他年轻人赶场，心锁也愈锁愈紧，成了村人饭后的谈资。

　　仇春燕怎么也想不到黄德贵愿接受她的条件，她一时转不过弯，莫非这黄德贵脑瓜进水了？

四

　　黄德贵说来老大不小了，在农村他也算是个特例。黄河大队和汰黄堆大队一样，都属于远郊区，一西一东。但凡郊区农村，与偏远农村在名声上有极大区别的，好听，离城市近一步嘛。其实那个年代，近一步和远一万步在本质上没有区别，都得从事农业生产劳动。不过，与近郊区的生产大队相比，就不可同日而语了。近郊区的土地一旦被征用，就有招工机会，就能做上城里人。而远郊区征地招工的机会几乎等于零。这和20世纪90年代大片征用郊区土地作为开发区，可完全不同。20世纪90年代做城里人已没什么高贵可言。可在计划经济年代，即使是等于零的希望——远郊区，也是潜力股。故而在黄河大队，如果不是提不上手、上不了台盘或家徒四壁的男人，是不可能打光棍的，一些疤瘌瞎的残疾人都能讨上老婆，命好的还能讨上水气十足的漂亮姑娘。偏偏黄德贵却没有解决个人问题。

　　倒不是黄德贵比那些残疾人更癞更差，他民办教师的身份，足可以找个十分体面的姑娘的。也不是他有什么高深的思想、复杂的情感，睥睨天下的俗女人。更不是他生理有问题，见了女人搅不起三寸水。他只是性格怪异，爱好特别，才使他脱离于众。黄德贵初中毕业，喜欢涂点诗，绝对区别于喝酒抽烟甩扑克打麻将的村人，这样无形中养成他意识上的小资。要说他择偶的条件呢，也没有离奇在哪里，说起来很简单，人漂亮、性格不坏就行了。性格这东西不好说，可相过的几个漂亮姑娘看不上他，一般的他又看不上人家，这就成了问题。黄德贵父母自然急坏了。可他不急，他说自己的缘分没到，缘分一来，丘比特之箭会射穿他，让自己像诗歌一样幸福地吟唱在苏北大地上。他的酸腔怪调，差点没把父母的鼻子气歪。

那么黄德贵急不急于找对象呢？不急才怪，除非他真不是男人，只不过伪装不急罢了。就说他调到汰黄堆小学这件事吧，不是因为他教学水平有多高或有多臭，被组织安排过来的，而是他自己负气，托人求公社文教办领导"弄"到汰黄堆的。他负什么样的气不愿在家门口教书，而跑到距黄河大队较远的汰黄堆呢？说来却有点好笑。上一个学期他对同是黄河小学的民办老师陶素英动过心，陶素英对他也有两分意，只是没有走到一起。陶素英比他小五岁，是从社办厂转到小学的，虽也是初中生，但名声比黄德贵响得多，县中毕业，那可是出人才的百年名校，比一般中学的门槛高出一大截。黄德贵虽然初中毕业，可他上的是农村中学。陶素英也爱文学，倒不小资，她会背诵主席的许多诗词，还阅读过不少讴歌社会主义新中国、人民公社、祖国山水的小说散文诗歌。这样与黄德贵就有了不少共同语言，常在一起侃侃天。缺点呢，陶素英长得不漂亮，太大众化。黄德贵对她动心，就忽略了她的长相，认为自己找到了精神家园，相貌一般就一般吧，这与他找漂亮女人的初衷是矛盾的。

那天傍晚下班后，办公室只剩下黄德贵与陶素英，他瞧瞧门外，悄悄走近陶素英，向她表白心迹。陶素英面红耳赤，心跳个不停，只说我没个思想准备……她没再说下去，她想说的是：家里已给她介绍了对象，隔壁大队的，在部队上，已相互见过照片。在乡村，见过对方的照片，如果不反对，就算有了这层关系。与军人恋爱，那是极为敏感的话题，黄德贵盲目地表达感情，让陶素英很为难，其原因就是她不讨厌黄德贵，如果不是家里先给她介绍了对象，说不定就能应允了他。

黄德贵见她犹豫，说："我等你回话。"

陶素英摇摇头道："黄老师，我有对象了。"

黄德贵呆了，说："有对象？咋没听你说，也没见你对象找过你嘛。"

陶素英低声道："他在部队上。"说罢，收拾一下桌面，招呼也没敢打，匆匆地离开了办公室。

黄德贵蔫了。

没精打采的黄德贵引起父母注意，再三再四询问情由，父亲骂他没有用，他父亲的话意明摆着，来个霸王硬上弓不信拿不下陶素英，她也没和那个当兵的订婚，只是媒人介绍互相看过照片，算不上破坏军婚。殊不知他儿子黄德贵绝不会干那种下三烂的事，男女之事得两情相悦才行。如此一来，他父母再次借此机会掀起给他介绍对象的浪潮。托亲求友，只要是个姑娘就成。然而凡被介绍的姑娘，一听说黄德贵二十七岁皆摇头不同意。因为农村姑娘二十岁左右大都谈了对象，少数耽误到二十四五岁的，也尽是些鼻孔朝天、眼睛眶子向上的主儿。黄德贵呢，在这个过程中并不热心，也不想和姑娘见面。后来老父亲急了，干脆将媒人介绍的一个离婚女人带上学校跟他相亲，黄德贵这才急了眼，跟父亲吼叫起来，一怒之下求公社文教办，将自己调离黄河大队，不肯每天面对父母了。巧的是汰黄堆大队刚好缺老师，因离城远，一些老师不肯到这破地方来，于公于私都算是件好事。

黄德贵一到汰黄堆，本来心情极坏的，想不到今儿上午仇春燕送弟弟报名，他一见仇春燕，心就像被滚热的水烫了下，黄叽叽的脸蛋上泛起了红晕，"好一朵美丽的迎春花！"黄德贵脑际瞬间涌出了这么句俗诗。

说来确也奇怪，仇春燕整日劳碌在农田上，有时连粗饭都填不满肚子，可黄河水、运河水就是滋润了她这个人们惯常说的晒不黑姑娘，当然了不饶人的岁月已让她的眼角潜滋暗长了几丝不明显的鱼尾纹。相反站在她身旁不时抠鼻子的小太平长得极为瘦弱，显得头大身骨小。不明真相的外村人，见到姐弟俩，还以为仇春燕虐待了小子，可事实却是家里一旦有些好吃的食物都尽着小太平了。知情的村人有时逗弄小太平，问他东西都吃哪去了？小太平摇头晃脑地说："吃茅厕缸里了，屙没了。"

黄德贵首先被长相动人的仇春燕打动，接下来被仇春燕对弟弟的柔情酥碎了心，他认为仇春燕就是他梦里追寻多年的女人。不过坐着的他没敢站起来，他目测仇春燕比他个子高一点，心里冒出一丝凉气。

仇春燕带着弟弟离开学校后，黄德贵满脑满眼里飘着的尽是仇春燕，尽是"好一朵美丽的迎春花！"连村里的孩子再来报名，他都走神，有一次竟然将"王三毛"写成了"仇春燕"，幸好带着王三毛来报名的王大婶不识字，否则这笑话就闹大了。

黄德贵下班后，来到了华会计家。华会计对这个远房亲戚上门很是惊讶，日常两家极少走动嘛，除非在亲戚出礼的场合偶尔遇上。当然亲戚中出了黄德贵这么个怪物，他还是知道的，人的嘴就是传播器，他的小资岂能不在亲戚之间传扬着。黄德贵喊了声表叔，华会计愣一下，昨天他在大队部已听说小学新调来的老师叫黄德贵，他想也许是黄德贵初来乍到拜访一下亲戚吧，于是招呼他进屋坐，说："你表婶下田快回来了，今晚咱叔侄俩整两杯。"他没想到黄德贵嗫嚅半晌吐出来的话差点让他跌下眼睛珠子来。

黄德贵说："酒就不喝了，我想问表叔你们庄上的仇春燕有婆家吗？要是没有，我想请表叔做媒。"华会计看着满脸焦躁的黄德贵，脑瓜一蒙，这家伙还真是个怪物，刚到汰黄堆就知道仇春燕，还现打柴现烧窑的请他保媒，这也太离奇了吧。

　　华会计当然不好阻拦婚姻好事的，春燕的姻缘也确实是个大问题，他便将仇春燕的情况说给了黄德贵听。黄德贵越听眼睛越亮，说："众里寻她千百度，那人却在灯火阑珊处，我要不能拥有这个金子般的姑娘，老天爷都不会饶恕我的。表叔，我就一句话，仇春燕只要肯嫁给我，她的所有条件我都答应，咱们现在就上她家。"华会计眨巴了好多下子眼睛，答应做这个媒人。

五

　　华会计见仇春燕犹豫，让她考虑几天再回话，于是告辞，黄德贵正在路口与小太平有一搭没一搭闲扯。黄德贵并不想就这么走了，心想表叔喊他走，十有八九是事情黄了，他还想去跟仇春燕直接表白几句的，岂料小太平已扔下他，撒腿跑回家，将门关上了。华会计冲着黄德贵摇摇头，说："这事急不得的，好粥得用文火煨，我让春燕过几天再回话。"黄德贵"噢"了一声，只说难为表叔了。于是两人各奔东西，华会计也没邀他去吃酒。

　　仇春燕煮好饭，与弟弟吃过，收拾一番，帮弟弟洗了脚，让弟弟先睡下。她心神不宁地在屋里屋外转了好久，才洗漱上床。华会计保媒，搅动了仇春燕心海的死水：我不了解黄德贵个子丑寅卯，他也不知我深浅，咱俩仅仅初次相识，就来提亲，就答应我以前对媒婆说过的所有条件，是不是太荒唐了？保不准这家伙不是色鬼，也是个肤浅的人，只不过做老师比村里无赖手段高强，打着漂亮的幌子罢了。伺候弟弟睡着后，仇春燕坐在床边胡思乱想着。要说华会计是个明事理的人，又乡里乡亲的，断不会害我吧？黄德贵要真是华会计家亲戚，想必为人华家应该清楚的。仇春燕不由叹口气，由于事情来得突然，她没个思想准备，所以她当时才没答复华会计。仇春燕翻来覆去睡不着。从外表看，黄德贵除了个头稍矮些，倒也不像坏人，可人心隔肚皮，他的话能信吗？退一万步讲，他同意养活弟弟，可要是背着我给小弟罪受呢？仇春燕忽然轻扇了自己脸颊一下，这都哪跟哪呀，八字还没一撇呢，就想那么远，看来真急着想嫁人了，好个没羞的老姑娘，别想那么多了，明天还得干活呢。

次日午，仇春燕刚吃过饭，黄德贵上门了。这可是仇春燕没料到的事，她心里说不清是喜还是气，这个黄德贵真够逗啊，老话还说心急吃不得热豆腐，他倒趁自热打我这块冷铁，脸皮也太厚了。仇春燕有点恼怒，冷眼瞥着跨上门槛的黄德贵。黄德贵一愣，尴尬地缩回右脚，说："春燕姑娘，可以到你家坐坐吗？"仇春燕见他如此，摇摇头道："你这人真酸，已踏上人家门槛了，还说这话。"黄德贵作一揖，说："谢谢春燕姑娘不计较我冒昧造访，失礼了。"仇春燕的脸泛起了潮红，接口道："说你咳还喘上了，你真把我家一缸菜都酸掉了。"黄德贵连忙说："不酸了，不酸了。"春燕被他逗笑了。

黄德贵信步跨进了门，没注意站在房门内警惕着他的小太平。小家伙突然说："你要是来勾引大姐的，就赶快滚。"黄德贵吓了一跳，说："我是来家访的，仇鹏燕同学，可不能对老师没礼貌啊。"说罢，轻轻抚摸一下小太平的头。小太平头一扭，躲过去了，说："你才叫仇鹏燕，我是小太平。"然后望着姐姐问黄德贵："家访什么意思？"黄德贵尴尬地结了舌。仇春燕撇撇嘴，心说小太平一天学没上，以家访为借口，真是连谎都撒不圆，不过她的心也莫由地一动，可见黄德贵是个老实人。黄德贵呆愣片刻，打哈哈道："你好好念书就晓得了。"

仇春燕指指长凳说："黄老师你坐。"黄德贵忙说："别客气，你也坐吧。"仇春燕没搭理他，收拾桌上的碗筷到锅屋洗刷。黄德贵挠挠头说："仇鹏燕，我给你讲个故事，喜欢吗？"小太平一下子来了精神："什么故事？我最喜欢听故事了，我们庄来瞎子唱书，什么大呆窦刚使一千二百斤铁锤，二呆乔豹用八百斤铁锤，古时候的人劲真大，打架可狠了。"小太平手舞足蹈着，眼睛射出光来："你要会讲故事，我天天听。"

那个年代乡村没什么娱乐活动，讲故事当然吸引孩子。黄德贵见有戏，喜笑颜开地说："那好啊，我肚里故事可多啦，孙悟空大闹天宫啦，哪吒闹海啦，倒骑毛驴的张果老，阿凡提啦，精忠报国的岳鹏举啦，三毛流浪记啦，还有渔夫的故事、阿里巴巴与四十大盗、丑小鸭变天鹅、白雪公主与七个小矮人、卖火柴的小女孩……一串一串的，多得海啦！不过瞎子唱的书我不会，因为我不是瞎子，人家不教明眼人，害怕将瞎子艺人的饭碗抢了。"

小太平听得两眼发直，突然他竖起手指一点黄德贵道："你吹牛！"眉飞色舞的黄德贵一愣，仇春燕的呵斥声从锅屋传来："仇太平，不准说粗话！"小太平吐一下舌头，向黄德贵扮起鬼脸来。黄德贵伸手点了下小太平的额头道："活该！好了，现在我讲个古代有个叫车胤的人，用萤火虫儿的光读书的故事，算启蒙课吧。"小太平不由上前拍拍黄德贵肚子，说："你那么多故事都装在这里面？"黄德贵庄重地点点头说："都装这儿和脑袋瓜里。"小太平乐得直蹦脚，说："好好好，你天天来吧。"黄德贵伸手与小太平拉勾："我天天晚来，不来是小狗。"

仇春燕在锅屋竖着耳朵听黄德贵和小太平热热闹闹地说笑，眼圈倏然红了。自父母去世后，家里似乎从没有过这样的欢笑，一种远去的像月亮圆的家的感觉袭上心头。她呆呆地捧着洗过的碗筷忘了放下。

说来这黄德贵也真是走火入了魔，头天晚上，华会计与他分手时，跟他说这事得文火煨，他也表示同意，可他回到宿舍，就忘了文火，而是满腹的烈火和怎么也抑制不住的欲火，他在床上烙了好长时间的烧饼，默叨这事不能文火，这是我的缘分到了，过了这村就没这店了，春燕必须属于我，我要用文火煨，保不准哪一天就把她煨别人床上去了，那我这辈子还不悔死。本来天一亮他就打算登仇家门的，后来按下了这个念头。他想，仇春燕一定出早工下田了，如果将人家堵在门内，这火就烧过头了，况且大清早去也没有一个好的借口。他老鼠钻进风箱似的在校园干转了半天，也没有着手做次日开课的准备工作。好不容易熬到午饭后，黄德贵行动了，他害怕去迟了，仇春燕又上工走了。

　　黄德贵走近仇家门之前，心里做了被各种理由截堵在门外的思想准备，他想随你怎么堵，我都必须和仇春燕说话的，只要说上话，就算没白来。没想到仇春燕并没有堵他。仇春燕去洗碗，黄德贵与小太平扯天说地的谈古，气氛甚是融洽，不由搅动得仇春燕心酸许许。

　　仇春燕放下碗筷，抑制良久，才平静了心气。她想不能让姓黄的看出她的不平静，那样就被他小看了，她脸上必须保持水波不兴、波澜不起，不管与不与姓黄的交往，都得保持和日常一样的神态，自己毕竟对这个男人不了解。仇春燕来到堂屋，一时不知该说什么。黄德贵见仇春燕走进屋，局促起来，再跟小太平说话，口齿也不那么利索了。小太平眼睛滴溜溜地瞅瞅姐姐，又瞅瞅黄德贵，看得俩人都不自在，恰在这时，生产队上工的钟敲响了。仇春燕跟弟弟说："就在家玩，别乱跑。"准备出门时才对黄德贵不好意思地笑一下，说："黄老师，我上工了。"黄德贵缓过神来说："我也走、我也走，仇鹏燕，明天早晨你得准时上学校。"

　　小太平挠挠头，说："你才仇……"他忽然起了什么，换了口气道："你要说话算数，不来讲故事是小狗。"

　　仇春燕瞪了弟弟一眼道："怎么说话的，一点好歹都不晓得。"说罢扛起扁担，向汰黄堆走去。

　　小太平对黄德贵吐了下舌头，和黄德贵看着远去的仇春燕，一起笑了起来。

六

　　黄德贵有了给小太平讲故事的借口，每天晚上不请自到了。小太平一见黄德贵来，就像小花狗撒着欢跳。小狗被小太平喂了几天，显然喂出了精神，不像小太平抱来那天蔫了巴叽的，它是和黄德贵同一天上仇家门的，黄德贵虽然不是这个家中的成员，但算常客，不明事理的小狗，也将黄德贵看作仇家成员了。黄德贵、小太平、小狗的融洽相处，仇春燕瞧在眼里，虽然看不出感动，但她心头的神经被触动着。说来黄德贵还是有些君子风度的，他进门后仅跟仇春燕打声招呼，就给小太平讲故事。都是小故事，既不薛仁贵征东一打就是多少天，也不杨家将御敌一战就是几个月，而是都跟读书、做人有关的短故事。小太平有时不过瘾，让黄老师讲大书。黄德贵每每用眼梢瞄瞄仇春燕，见她没有反对的意思，才讲一段大作家吴承恩写的《西游记》，激发小太平无际想象的空间。

　　黄德贵讲故事确有一把刷子，眉飞色舞中不时把小太平逗得跳着脚大笑，当然讲到严肃的故事比如岳飞精忠报国则一脸沉静，听得小太平眼睛都不眨。仇春燕不免感动，有时也不由自主地静坐一旁，边做针线活边听黄德贵讲故事。虽然如此，仇春燕心里并没有决定与黄德贵确定恋爱关系，她不敢保证黄德贵是不是玩噱头，她需要时间来考验。

　　黄德贵每次讲完故事，就拿出老师的派头，询问小太平的学习情况，再检查一下家庭作业。那时的学校除日常五节课，作业在校完成，老师是不布置家庭作业的，但黄德贵每天会布置一点给小太平，这属于额外关照。做完这些，黄德贵才跟仇春燕拉呱几句，然后匆匆告辞，从没有对仇春燕不规矩，连眼神都正正经经的。有时仇春燕不过意，倒碗水给黄德贵，感动得他诚惶诚恐。

时间一长，仇春燕心底不知不觉潜滋了甜液。她看出黄德贵不仅和小太平相处得好，还明白黄德贵为了她，只要小太平不出格，各事都能迁就，连小太平将小狗带到学校，黄德贵都应允，倒是仇春燕看不下去了，禁止弟弟带着狗上学。

一天傍晚，仇春燕收工见小太平在门口逗小狗玩，问他作业做了吗。小太平头也没抬就说没作业。小太平又说："大姐，今晚黄老师不来讲故事了。"仇春燕心一沉，心说这家伙沉不住气了吧。当然她没表露出来，只心口不一地说："你得罪黄老师了？"说实话，两个多月下来，仇春燕已习惯黄德贵来讲故事，她无形中已把黄德贵纳入她和弟弟每晚这个时段生活的组成部分。小太平拎起狗耳朵说："我没得罪他，我也不是没耳性，黄老师生病了。"仇春燕心随小狗的尖叫一紧又一松，说："快点放下小狗，黄老师人呢？没去看医生？"小太平扔下小狗道："我哪知道，我放学路过他门口还在睡呢。"

仇春燕不搭话了，烧好稀饭，对小太平说："你别乱跑，大姐有个事。"小太平丢下饭碗，说："我也去。"仇春燕道："小弟乖，别跟路。"小太平头一扭，问："你去看黄老师？"仇春燕轻轻搂搂小太平："黄老师怪可怜的，大姐看看他病得怎样，做人得讲良心。"小太平"噢"了声，又逗小狗玩去了。

仇春燕来到村小东边一排低矮的单身老师茅草宿舍。屋有四间，三间黑着，最南头一间的猫窗、门缝漏出煤油灯昏暗的光，衬得小学校静得要命、也暗得要命。仇春燕喊声黄老师，屋里有轻微响动，没人应答。仇春燕迟疑一下，推开门。黄德贵正撑着身子坐起，两眼迷茫地盯着走进来的仇春燕，无力地说："我以为听错了，原来真是春燕啊！"仇春燕看一眼憔悴的黄德贵，胸口莫由地一疼，问："看医生了吗？"黄德贵摇摇头说："不碍事的，睡两天就好了。"仇春燕几乎是本能地摸了下黄德贵的额头。黄德贵一哆嗦，仇春燕皱眉道："好烫，怎么不看医生？"黄德贵喘口粗气，说："小毛小病的我从不看医生，贱命哪有那么娇贵。"仇春燕沉默片刻，问："晚饭吃了吗？"黄德贵说："没胃口。"仇春燕走到墙根摇摇水瓶，空的，不觉轻叹一声："你睡吧。"转身出了门。黄德贵窘得发呆，他想喊仇春燕站住，陪他说说话，终究没开口。叹口气躺下了。

　　黄德贵昨晚一离开仇春燕家身体就有点不适，这和他外表平静、内心不宁，又不注意饮食、保暖有关。他上了汰黄堆没有直接回学校，而是呆立在土神庙前，看着天空若隐若现的半轮月亮，思绪飞向长空。深秋的寒气重了，风也渐渐变硬，刮得苦楝枝叶吱吱乱叫，偶尔落下的楝枣敲得汰黄堆叮咚直响，将夜衬得更加宁静。黄德贵想：这两个月我虽然嘴上没对春燕示爱，但我对小太平的关怀，就是对她春燕的无声表示，然而她对我似乎一如既往，是块石头也该有点温度啊！我不否认她眼睛深处有时流露出柔软的光，却不能表示她已经接纳了我。唉，真猜不透她的心思，我们年岁都不小了，按说话挑明了，就可以亲密接触，就可以结婚了，可她脸上一直是那么平静，我哪里还敢挑明？表叔当时跟我说几天后让春燕回话的，可两个月下来她也没回答个上下。

　　这就是黄德贵的小资，或者说呆、懦弱了，仇春燕既然不反对他每晚上门，岂不是已经说明了一切，他自己不主动挑明，却指望人家姑娘说，世上有这等好事？况且，春燕有其特殊性嘛。

黄德贵在汰黄堆上心烦意乱地转到深夜两点，回校就病倒了。

仇春燕出门直奔赤脚医生吴先生家，本来她打算陪黄德贵去吴先生家的，转念一想，不妥，这算什么事呀，名不正言不顺的，不怕别人说，自己就难为情死了。出了门，她又犹豫起来，自己去请吴先生又算什么事呢？唉——话得想好了说。一路斟斟酌酌，二百多米就被她斟酌完了。仇春燕拍着吴先生家裂着缝隙的木门喊道："吴二爷（叔），小弟说他们班黄老师病了，请你去看看。"吴先生可能是被劣质洋烟呛的，连咳几声，才答道："晓得了。"仇春燕没容吴先生开门，逃也似的往家跑。

仇春燕觉得好笑，我在做好事，干吗像做贼？这么说，自己心里有了贼。是的，如果没有贼，自己就该很大方的通知吴先生，弟弟的老师生病，做姐姐的请医生也不是丢人事。可她偏偏难为情，看来黄德贵已潜入她的心里。否则，弟弟说黄德贵有病，自己完全可以无动于衷的。

仇春燕慌慌张张地跑回家，不由抚了抚胸口。小太平吃惊地看着她，说："大姐，黄德贵欺负你了？"仇春燕白了小太平一眼道："小囡家家的瞎说什么，外面太黑，大姐被吓得。"小太平说："我要跟你去，你不让，活该。"仇春燕笑了，说："呀！像个男子汉了。"她轻拍一下小太平的头，到卧室倒出小半碗逢年过节才舍得吃的米。小太平看着米，笑着说："大姐万岁。"仇春燕说："你火什么（高兴），黄老师一天没吃饭，大姐熬点粥。"小太平嘟囔了嘴，说："大姐坏。"仇春燕一愣，说："你刚吃过饭，只能喝半碗粥。"小太平又乐了，说："行，大姐好。"仇春燕哭笑不得，但甜滋滋地骂道："你个小炮子，大姐好坏就凭半碗粥啊。"

仇春燕到锅屋生火煮粥，先是大火烧，后是小火文，柴草的烟将锅屋变得像硝烟弥漫的战场，将满脸含笑的仇春燕熏得眼泪汪汪。

粥煮好，仇春燕用搪瓷缸装满，盖好，又把锅里剩下的一碗粥盛给小太平。小太平围着"蓝边碗"兴奋的转一圈，顾不上碗热粥烫，捧起来叫大姐吃几口。仇春燕怜惜地抚摸小太平的头道:"大姐不吃,你别烫着嘴。"小太平顾不上客气了,端到嘴边就喝。仇春燕看着弟弟的吃相,不由生出一丝辛酸,姐弟俩日常三餐和汰黄堆人一样,大都全是山芋干面、山芋、玉米面,偶尔才能吃一顿麦面,搞得胃时常吐酸。大队干部说今年旱改水田的,结果又推到了明年。故而家里的米是稀罕物,一年吃不上几回。仇春燕叹口气,改了水田,虽然不能天天吃米饭,也不会像现在紧缺了。

仇春燕端着热粥,一路防贼似的来到学校。轻轻地推开宿舍门,黄德贵正捧着药在发呆。仇春燕问:"吴先生走了?"黄德贵点点头。仇春燕将盛粥的瓷缸放下,拿小勺舀了一小碗粥端到床边,将黄德贵手里的丸子取出两粒放粥上,说:"吃罢。"黄德贵落泪了,一把抓住仇春燕的手,说:"燕子,接受我吧,我会对你和仇鹏燕同学好的。"仇春燕轻挣一下手没脱开,不由握起黄德贵的手,说:"傻了你,快点把药吃了,粥凉了味就变了。"黄德贵泪水长流着点点头。仇春燕眼圈也热了,心说,真是傻人儿。

七

仇春燕照顾生病的黄德贵，黄德贵靠这一契机，拉近了与春燕的距离。那晚仇春燕滞留了好久，俩人说了许多话，从此谈起恋爱来，不久速度像烈火似的升高，年根逼近，在黄德贵的一再要求下，忸怩再三的仇春燕，答应和黄德贵谈婚论嫁起来。

乡村有句俗语：有钱没钱，娶个媳妇回家过年。不过，这个俗语在仇春燕身上是倒过来的。

说到这事，黄德贵的父母是一百二十个不高兴。

寒假第二天中午黄德贵回家，黄父在安装铁锤柄子，见了他开口就吼："你还晓得回家！"黄母闻声从厨房出来，跟着数叨："跟自己的大大妈妈也记仇，能有多大的冤仇几个月不来家，给你说媳妇倒说出仇人来了。"

黄德贵傻笑着不吭声，将黄母笑得不再吱声，黄父停下了手上的活，老两口相互望望，几乎同声道："小四不会头脑坏了吧？"

黄德贵这才开口："大大、妈妈，你们儿子的头脑很正常，我是高兴才这样的。"

黄父道："高兴就成痴子了？什么样事能把你高兴成这个样子？"

黄德贵说："我都是快结婚的人了，甭老把我看成伢子。"

黄德贵的父母大惊，黄母说："小四，你不是说胡话吧？你要跟哪个结婚了？怎么连一点口风都没露。"

黄德贵道："我不是送口风来了嘛，我找到了天下最好的姑娘了。"接下来黄德贵把与仇春燕、小太平的事前前后后说了一遍，三个人连门都忘了进。老头子骂了句没出息。黄母半晌才吐了句："人丢大了，挑天选地，最后竟去做上门女婿。"

黄德贵连道："错错错，我哪是做上门女婿，我是到春燕家担负责任的。"

黄父说："屁责任，这和倒插门有什么区别？"

黄德贵道："区别大着呢，一是我住春燕家，但我还是我。"

黄父骂："胡话，你不是你还能是别人？"

黄德贵说："大，你别打岔。我意思没改姓，我还是黄德贵，而且将来我和春燕生了儿子也姓黄，不姓仇。"

黄父道："这还像句人话。"黄母也点头说："幸好根子没变。"

黄德贵接着说："二是我和春燕结婚那天，是把春燕娶进门，这叫我娶她，不是她娶我，但仇春燕陪嫁的一只小橱柜和一只大箱子不运到黄河大队，只把人接来家住一晚就成，这叫特事特办。小太平成人后，能领门户过日子了，春燕再和我回黄河大队，这叫撇得清，我是不会沾仇家财产的。"

黄父说："将你媳妇娶进黄家，还算你小子有点良心，给黄家人脸上留点面子。可你抚养你小舅子……"黄母接口道："世上也只有你小四这么傻，换了任何人也不会做这事的。"黄父道："我也这意思，不知你图什么。"黄德贵说："我什么也不图，我图的只是爱情。"

黄德贵的父母眨巴着眼睛，像看稀有动物似的瞅着儿子，想：这小子头脑瓜真有问题，仇家什么样的老姑娘让他这么上心？他也太自作主张了，起码把人带来家给我们掌掌眼吧。想到这，老两口对华会计不高兴起来，你给小四做媒，也该跟我们通通气啊！真是不拿我们当亲戚看了。

黄德贵问母亲饭好了没有。黄母这才一拍大腿道："光顾着说话了，赶紧吃饭。"黄德贵边往锅屋走边说："早饿了，日子紧，东西得买，房子得收拾，总得布置得像个样子。"

1970年腊月二十六，仇春燕与黄德贵举行了婚礼。

早晨，仇春燕呵着寒气起床，又呵着通红的手帮弟弟穿好了新衣裳。姐弟俩刚洗漱过，本村的厨子刘三爷来了，接着王奶奶的两个儿子王大、王二及王大婶、王二婶也来了。他们是仇春燕请来帮忙料理喜事的。乡村人家办事，有时邻居比亲戚管用，亲戚上门是客，帮办的邻居反而像主家，料理人前人后那些碎碎叨叨的事。这是常规，特别像仇春燕这类孤门小姓的人家，遇着啥事只能指望邻居帮忙了。仇春燕要张罗饭食给几人吃，王二婶拦下她，说："你今天是新人，什么事都别做，也用不着你做，顿会儿'全福'替你梳妆打扮，你就待屋里饿饭吧，客人由我们照应。"仇春燕还想说什么，王二婶已冲着刘三喊："三和尚（乡村开玩笑的俗称），你早饭要是没吃，赶紧弄点和小太平吃，我们吃过饭来的，就不用劳驾你了。"刘三说："不是看王二哥在，不但撕你嘴，还撕你……"他们斗上了嘴，仇春燕听得脸红。刘三见状，嬉笑一声说："你今天始就不用怕羞了。"随即掉过头喊道："小太平，想吃什么，三爷给你弄。"王大、王二将堆在堂屋的各类荤素菜往锅屋门外的桌上搬的搬、端的端。小太平绕过王大、王二，对刘三道："我不饿。"接着手一指堆放在陶盆里煮好的大肉说："给我弄一碗红烧肉就行了。"几人哄然大笑，说："这东西真会吃。"大伙说说笑笑忙里忙外间，不觉日上三竿，仇春燕的舅舅卜玉民到了，继而亲戚们陆陆续续赶来，仇家一片喜气洋洋。

按汰黄堆旧风俗，男方媒人华会计应该到黄河村的黄家，随迎亲的人马一道来汰黄堆村。而女方家也必须有一个媒人，即使没有，也得请一个现成媒。两位媒人在村口会面，再一起走进女方家，把一切嫁娶仪式走完了，才可将新娘子迎娶到新郎家。现在一切从简了，撇开革命化结婚不说，单是仇、黄两家的特殊性，也用不着另请一位媒人。华会计的老婆大清早就赶向黄家出礼，华会计则按事先约定上午九时半在汰黄堆村口与黄德贵会合，男女合用一个媒人就行了，当然，事实也仅华会计一个媒人。

十点左右，黄德贵在华会计陪同下，骑着崭新的永久牌脚踏车走近土神庙，华会计的旧自行车在新车陪衬下，显得愈加陈旧。俩人同时下车，黄德贵捡起路旁的一根树枝，从人造革包里取出一挂鞭挑在梢头点响，向仇家走来。王二等人听到鞭响，慌忙点炸一挂鞭迎接，表示双方接上头了。

仇春燕坐在婚床上竖着耳朵听鞭炮的响声。新床是黄德贵前两天运来的，旧床昨天被移到下头房。仇春燕的心怦怦直跳，同时也喜滋滋的。不过，她又想哭，是的，自她被"全福"王大婶梳妆打扮好，她就有哭的感觉，可又哭不出来。

鞭炮声停，黄德贵边支架车子边跟亲友邻居们打招呼、散香烟。众乡亲一边跟新郎官客气着，一边热情地招呼华会计。华会计虽也客气，但显得矜持，摆出一副大队干部的派头。

小太平没搭理黄德贵，他几天前听黄德贵说要把大姐一人带到黄河大队，不带他去，虽说仅一天一夜就回来，也很不高兴。他见黄德贵笑嘻嘻地走来，立即跑开，和王三毛子等一些看热闹的伢子玩去了。

黄德贵看着气鼓鼓的小太平远去，摇着头笑笑。这时，校长和几个老师从汰黄堆走下来。黄德贵迎上前，老师们开玩笑道："黄诗人，能量积聚二十七八年了，今晚这首诗一定要写好啊！"黄德贵红着脸打哈哈："多谢各位。"一个中年男老师说："也不是我们写诗，要你谢什么！"一个年轻女老师白男老师一眼，说："没脸没皮，你也懂诗。"几位老师连同校长都笑起来，说："这丫头，嗨，真是青果。"说笑间，黄德贵与他们相互握手。校长瞅着站在仇家门口的华会计，问黄德贵："大小队干部都请了吧？"黄德贵说："革命化了，人家不吃白请，出礼又不合适，华会计是媒人，算作代表了。"校长点点头说："我的礼你不能不收。"说话间一干人来到仇家，人以群分地相互客套闲扯，黄德贵这才得空钻进仇春燕的闺房也就是新婚次日才能用得上的洞房。

春燕见黄德贵进来，从床边站起来，她不禁害羞起来，想着从今天始她就成了他的女人，他就成了她的男人，她和他就成了一个人，他是她的汰黄堆，她是他的黄河，他守护着她，她依偎着他，将生命流向大海……

黄德贵喊了声"春燕"，说："坐下坐下，怎么没精神，是不是……"他想说是不是病了，但大喜日子不能说不吉利话，故而他吞下了后半截话。

仇春燕想说：傻相，饿一天一夜饭了，能有精神？她没好说出口我快饿死了，而是冲他勉强地笑笑，说："'全福奶奶'不让我动，你去帮照应照应吧。"黄德贵答应"好的"，扭身出房门，又勾过头看一眼坐回床边的仇春燕，那神情好像初次见到春燕似的。

喜宴开了，六桌子客人分两磨子坐，热热闹闹、说说笑笑、打情骂俏、争洋烟（香烟）、争喜糖的场景略去不表。午后三时，仇春燕在亲邻们点燃的鞭炮声中，伏在表哥卜爱国脊背上，被驮到门外的"永久"车前。按风俗，姑娘出嫁应该由胞哥胞弟驮出家门的，叫不沾娘家一粒土，防止新娘子想家。可顽童小太平哪能驮得动姐姐春燕，再则，仇家孤门小姓又没有堂兄弟，只能退而求其次，让表哥代替小太平尽义务。

新娘子伏在卜爱国脊背上，看热闹的众邻居及亲戚们跟新郎官黄德讨喜烟喜糖，否则就不许新娘子上车。"全福"王大婶、媒人上前打圆场，华会计掏出两把喜糖兜空撒去，乡邻们纷纷抢拾喜糖。他又取出香烟，大小男人各散两支。众人见华会计如此，不好再闹喜了，否则定要掏整包香烟才能放行。大伙嘻嘻哈哈说笑："便宜新郎官了！"帮扶着让仇春燕安坐到绑着棉垫子的车架上。

仇春燕即将出发了，全福王大婶才想起押车送姐姐出村的小太平，连连吆喝："小太平跑哪去了？我刚刚叫他别乱跑的。"亲戚邻居们也连声说："刚才还看到这伢子，一转眼跑哪去了？"人们四散开边找边喊："小太平，押车了！小太平，真不像话，你大姐为你这臭小子耽误十年，你倒好，大姐出门你反而乱跑，真是玩心不足。"众人三呼两叫间，在屋后上茅厕的刘三提着裤子出茅房，看到小太平搂着花狗坐在菜园旁的枯灌木边，刘三上前拎小太平的胳膊肘儿，小花狗见刘三拉它的主人，吠一声扑向刘三。刘三边躲边吼开狗边数落小太平："你耳朵呢？这么多人喊你都不睬，你不想你大姐幸福啊！"小太平被刘三扯着站起来，吼退纵上纵下的花狗，说："我不想外人跟我夺大姐。"

刘三骂道："尽说屁话！"随即高声喊："小太平在这里呐！"众人闻声往屋后跑来。小太平企图逃跑，被跑过来的表哥卜爱国拽住，抱起来往屋前走。小太平在表哥怀里虎着脸，谁也不看。

卜爱国将小太平放在自行车前杠上，跨上车缓缓地往汰黄堆骑。黄德贵推着坐在自行车上的仇春燕紧随，众人相送，说着喜话。上堆后，黄德贵请舅舅及众人回，舅舅立住脚吸溜鼻子，似乎想哭，终究忍住了。黄德贵踩着自行车的脚踏小跑几步，迈腿跨上前杠。卜爱国在前头慢慢地骑，小太平发着呆。到了与邻村的交界，卜爱国下车，意思到此为止了，接下来的漫漫人生道就由黄德贵携着仇春燕向前走了……这时小太平尖锐地哭叫着往车下挣脱，说："我不要大姐走。"忍了半天没哭嫁的仇春燕听到小太平的哭声，再也忍不住了，放声大哭。黄德贵见状，不敢停留，飞快地蹬脚踏，自行车轮子快速旋转起来。卜爱国也不敢逗留，擤一下发酸的鼻子，一只手按牢小太平，掉转车头就往村里骑去，差点与媒人华会计相撞。

八

　　次日上午，一身喜庆的黄德贵随着满面含春的仇春燕回汰黄堆大队，请舅舅卜玉民和几个近亲，携着小太平一起到黄河大队吃会亲酒（即认亲戚酒，从此就是一家人）。昨天，卜爱国带着小太平回到仇家，喜宴已结束，残局由王大、王二等帮忙的邻居拾掇。当晚，卜玉民留下刘三及帮办的邻居海喝了一顿剩酒，又按黄德贵所托，给刘三四包、其他人两包"玫瑰"牌喜烟，算是酬谢。曲终，众人散去，卜玉民搂着早已困盹的小太平在旧床眠宿。而卜爱国几人是今早赶到仇家会合的。小太平见姐姐、姐夫来，没有喊他们。夫妻俩喊小弟，小太平气鼓鼓的，一扭头牵着狗往屋后菜园子走去。春燕脸上挂不住，但又不好对弟弟发火。黄德贵说："我来。"他从包里取出一只手电筒，快步赶到小太平和花狗前面，摁亮电筒，对小太平、花狗照一下，问："要不要？"小太平一见乐了，抚摸花狗的头说："黄老师，你咋知道我要电筒的，我做梦都想呢，晚上我和小花到外面玩就不怕了。"黄德贵扬扬电筒说："在家还喊老师吗？"小太平挠挠头道："那就喊大哥、喊姐夫。"说罢纵身抢过电筒，连声催黄德贵带他上黄河大队。

　　众人乐呵呵地笑起来。

　　卜玉民摇摇头道："贪小便宜，欠揍！"

一干人骑着几辆自行车上了汰黄堆，前往黄德贵家会亲。

到了黄家，过程无非是分宾主入席、相互介绍、喝酒、长辈给新人两块钱见面礼等俗套，略去不述。

日近黄昏，黄德贵骑脚踏车驮着仇春燕、小太平回到了汰黄堆大队。小太平从前杠刚滑下地，尖叫着蹲下，说两腿麻了。仇春燕摇摇头，抱起他往屋里走，小太平连喊："麻、麻、麻，受不了。"仇春燕只好放下他，哄道："等会儿就好了。"三人在喜庆中逗着乐，晚饭也差点省了。喜庆之余，问题来了。

黄德贵看一眼汰黄堆畔渐渐暗淡的苦楝、土神庙，对春燕努努嘴，意思叫春燕哄小太平去下厢房睡觉，他要和她过蜜夜了。春燕为难地看他一眼，对小太平说："小弟，困了就去睡吧。"小太平"噢"一声，就往新房走。黄德贵不解其意，看看春燕。仇春燕难为情地一笑，盯着太平的背影说："小弟，我不是跟你说好了吗，今晚开始，你就一个人睡了。"小太平不吭声，跑进了洞房。黄德贵明白了，小太平一直跟姐姐睡的，看来他们的蜜夜得带着小舅子。心里有些不爽，春燕也真是，太平早该单独睡了。虽别扭，但他没有说出口。

小太平走近床边，黄德贵小声对仇春燕道："睡吧。"春燕点点头。黄德贵往洞房走，谁知小太平返身拦住房门，不许黄德贵进卧室，说："你凭什么跟我们睡？"

黄德贵进也不是、退也不是，扭头看仇春燕。她也没想到小弟会这样，可她又不能对弟弟发火，只好说："小弟，不许对姐夫这样，我们是一家人了。"小太平脖子一梗："他姓黄，是老师，怎么和我们是一家子？"

瞧这小子还不懂姐姐和姐夫结婚的概念。黄德贵退回一步，在堂屋转圈，半晌，他将仇春燕拉到屋山，气哼哼地说："春燕，你疼弟弟是对的，可这样溺爱不行，会把他惯坏的。"三十岁初尝男女甜蜜滋味的仇春燕难为情了，她亲一口黄德贵说："我去哄弟弟到下间房睡。"俩人进了屋，仇春燕搂着小太平说："小弟，大姐结婚就不能带你睡了，明晚你到下厢睡吧。"小太平双手捂住耳朵哭闹，说："不听不听，你结你的婚，就是不许外人睡我们的床。"黄德贵、仇春燕哭笑不得，这叫啥事啊！仇春燕羞涩地看一眼黄德贵说："我先带小弟睡，慢慢来吧。"

仇春燕替小太平洗了手脚，小太平带着胜利的笑容睡下。仇春燕看着弟弟睡着了，无奈地摇摇头，上了床。黄德贵紧走几步，急不可耐地吹灭了灯，将仇春燕轻轻拉到床的另一头，侧身并排躺下，吻着仇春燕的嘴……

这一夜，对于二人来说是甜蜜而紧张的。自此他们就是真正的夫妻了。

第二天蒙蒙亮，小太平起床撒尿，看到黄德贵睡在脚头，定定地看了一会黄德贵的脸，小大人似的叹口气，算是默许了这张床上多了一个人。

黄德贵、仇春燕在小太平起身的瞬间，醒了，他俩都没有动弹，看小太平有什么举动。他俩听到小太平的叹气，心里也不由叹息，黄德贵想，摊上这么个小舅子，算什么事儿啊！

说起来并不可笑，他俩的蜜月就是夹着小太平这么惊乍乍度过的，好在俩人没落下什么毛病，还算万幸。

春暖花开四月，仇春燕怀孕了，两口子异常高兴，特别是大龄的春燕，别有一番迟来的幸福滋味在心头，村里跟她同龄的女人，孩子几乎都跟小太平差不多大了，而自己才做上了准妈妈，能不五味俱全吗？黄德贵那天得知仇春燕怀孕，亲了一口妻子道："该让小太平分床睡了。"春燕点点头说："我也这么想的。"当晚入睡前，春燕哄小太平说："小弟，大姐要生个小毛伢子陪你玩耍了，你不能再跟我睡了，会吓着大姐肚子里的小毛伢，你的小外甥的。"

小太平似乎明白了一些，嘟着嘴，可怜巴巴地说："大姐，再带我睡一晚吧。"仇春燕心软了。

第二天，黄德贵请木匠刻制了一把能打淀光子（玩具火药）的木头手枪做交易，小家伙才极不情愿地牵着花狗到下间房睡。

小太平乍乍离开，仇春燕很不放心，一夜能巡几次房，害怕弟弟蹬了被子，或掉下床磕伤。花狗呢，倒极忠诚，仇春燕每次进屋，都看到花狗蜷伏在床边，盯着她摇几下尾巴，意思有我呢，用不着你烦神。仇春燕有点感激这条花狗了，她难得地摸摸狗头。

生活就这么漫不经心地过着，岁月也就不觉得长长短短。仇春燕家的日子和小村大多人家一样，清苦而平淡，但她感到很幸福、很自足、也很美满，因为她终于有个像样的家了。然而命运之魔却在不经意间捉弄人，撕碎着最低微的宁静。这天午饭后，仇春燕去运河洗衣裳，不料在石坡上摔了一跤，小产了。

按说小产也没什么，可仇春燕却再也没能怀孕。黄德贵带着她到公社医院、乡村郎中家看过多次，也吃了不少偏方，可几个年头过去了不见效。这毛病在当今也许不算什么，可能是流产导致输卵管堵塞，做个小手术疏通一下就行了。

那天上午，黄德贵带仇春燕到县医院确诊她不孕后，仇春燕当时面无表情，出了医院，她瞪着死鱼样的眼睛对黄德贵说："我想一人静静，你先走吧。"黄德贵哪能放心她一人走，哄她说："咱们赶快回家，鹏燕快放学了。"仇春燕突然发火道："难道你连一顿饭也不能弄？你要是跟着我，我就死给你看。"黄德贵吓得脊背冒凉气，结婚五年多，他还是第一次见仇春燕发火。故而他苦着脸良久，说："好好，我先走，你可不能犯傻。"说罢支好自行车，依依不舍地准备走。仇春燕息斯底里地吼道："你昏头啦，我不会骑脚踏车，你把车子撂下干啥？"拔腿就走。黄德贵骑车追上她，说："我在家等你。"随即飞快地蹬起自行车直奔沙河大堤。当他穿过沙河大桥，拐过岔道口，出了县城，驶上通往汰黄堆的石子路时，他停下了车，掉过头遥望一番，将车子骑进了路旁的杂树林，蛰伏下来。

黄德贵怎么能放心让妻子一人走呢，他怕春燕一时想不开做傻事，自己必须看着妻子走在前面，直至到家才行。当然他不能让春燕发现自己的行踪，那样会激怒春燕的。他得待春燕超过自己，再保持一定的距离尾随她。

仇春燕望着龙头把不稳、车子骑得歪歪扭扭的丈夫渐渐远去，两眼模糊了，双手捂住剧烈跳动的胸口，但她没敢蹲下大哭，那样子势必会引来无数围观的热心人。她强忍着哆嗦的嘴唇，急赶几步，面向护城河，倚靠到一棵皲裂的老柳树干上。她胸间荡着风云，离婚的念头如一袭闪电滚过心头。乡村女人不生育被遗弃是正常的，自己绝不能死皮赖脸地缠着丈夫，那是不道德的，会被千夫所指的。然而就这么结束这段姻缘，她不甘心！从心底说，仇春燕感谢老天爷给了她这一份迟到的爱，她也离不开这份甜蜜的爱，他们的结合恰如村人所说是五百年前定就的姻缘。自结婚以来，黄德贵虽说不是百依百顺，但很贴己地待她，很真诚地关爱、抚育小太平，是不容置疑的。不唱那些高调，仅说黄德贵每月二十四元工资，除留四元钱买自己喜爱的书籍，其余悉数交给仇春燕支配。仇春燕每月看他极潇洒地将两张大团结给她，心都油然一动。倒不是她贪财，在农村，男人工钱交给女人是天经地义的，是饮食男女延续烟火生活最本色的东西，是女人作为主妇掌握家中经济命脉将日子尽量过好的最好体现，没有这一点，家庭往往会出问题。所以仇春燕是幸福的，无论干什么活，都一门心思地扑在丈夫和弟弟身上，自己往往一分钱舍不得花，却力求将这两个最亲的人伺候好，让他们一个舒心地工作、一个安心地学习。然而老天爷偏偏对吃了人间很多苦头才换来幸福的仇春燕不公，竟让她不能怀崽了。仇春燕默默地哭了好久，泪眼蒙蒙中，她看到小太平哭泣着走来。仇春燕激灵打个冷战，原来臆想中的她产生了幻觉。她忙让自己镇静、镇静，再镇静……

镇静中的仇春燕想到被她吼走的黄德贵，不由后悔、心疼了。黄德贵没有错，有罪的是不能开怀的自己，自己心里难受，却莫名其妙地向丈夫发泄，按说黄德贵比自己更难受啊，只是他没流露出来罢了。仇春燕伸袖子擦一下眼泪，顶着当空的烈日匆匆地往家赶了。她出了县城，奔上石子路，一溜疾步，汗水粘得格子单衣前胸贴后背，高耸的汰黄堆横在眼前了。九曲十八弯的汰黄堆，像巨龙蜿蜒在苍黄的苏北大地上。下午一点多钟，仇春燕走近村口，看到楝枣树伸展着枝臂向她招手。她走着走着，呆住了，原来小太平站在土神庙后，雕塑似的盯着城里方向，盯着迎面跑来的仇春燕，两眼充满期待，更充满着愤恨。仇春燕胸口一疼，大步跨上前，抱住了小太平。小太平挣扎一下，挥拳击打仇春燕的双肩，放声大哭："大姐坏，你们都不要我了！"仇春燕也哭了。姐弟俩扭过身，仇春燕忽然看到黄德贵在后面骑着脚踏车冲下汰黄堆，往家奔去。仇春燕大声骂道："黄德贵——你不是人！"

仇春燕知道黄德贵是为她好才这样的，故而她没有为难黄德贵。进屋后，她如常地生火做饭。小太平气鼓鼓了好长时间，直至吃了饭，才消气。

平静地生活了几日，那晚仇春燕和黄德贵并排躺在床上，仇春燕眼睛瞪着漆黑的屋顶，突然支起肘，说："咱们离婚吧。"黄德贵很吃惊，伸手摸一下仇春燕的额头，说："你没发烧吧？"仇春燕说："我不能坑你。"黄德贵说:"你再说这话我就撕你嘴。我愿意,我们三口子过得很好嘛!"仇春燕哭了,头埋进了黄德贵的怀里,说:"你会后悔的。"黄德贵拍拍仇春燕的脊背道:"别胡思乱想,我无怨无悔。"仇春燕感动了,主动地爬到了黄德贵身上。

九

　　黄德贵的父母听到仇春燕不能生育的风声，老两口坐卧不宁了，当然，这事儿也不能说是风声，黄母不是傻子，仇春燕自小产后不开怀，做婆婆的哪能不知道个端倪？黄德贵很少回黄河大队，带仇春燕四下求医，难逃远在黄河村的黄母法眼。老两口之所以没有发难，是黄母抱有侥幸心理，小四媳妇既然怀过孕就表明能生养，几年没动静，无非像母鸡下蛋"歇膛子"，歇过"膛子"还会生的，据说有的女人"歇"十年才生第二胎。再说了，小四看中的媳妇，老两口也没觉得讨厌，知道春燕确如小四所说是个好女人，也就随她"歇"多长时间，只要她能为黄小四续出香火就成。

　　要不说世上没有不透风的墙嘛。那天华会计婆娘回娘家，吃饭时与娘家嫂子张家长李家短的扯话，就扯到了黄德贵、仇春燕身上。华家婆娘有口无心地说："春燕这丫头命真苦，拉扯大了小太平，受足了做女人的罪，偏偏老天爷不长眼，这辈子再不能生伢子了。"娘家嫂子问："小个产就不能生育了？哪能这么巧？看过医生了？"婆娘道："县医院确诊了。"娘家嫂子说："黄家老两口知道肯定愁死了，这事不得完。"婆娘这才醒过神，急忙关照说："嫂子，这自家人关起门来说说就罢了，可不兴跟人家瞎咧咧呀。"嫂子道："瞧你说的，我是那种过话的人吗？"

就是这不过话的嫂子漏了口风，黄老婆子得知事情原委后，与黄老头一夜未合眼。天刚亮，就派待字的老闺娘小七子到汰黄堆小学叫黄德贵回去，且一再嘱咐别给她四嫂知道。小七子很不高兴，说她跑那么远的路，起码到四哥家喝口水吧。黄老头说："你要惊天动地的，我敲断你的狗腿。"

小七子明白事情重大，伸下舌头，跨上破旧的自行车，风风火火地赶往汰黄堆大队。黄德贵看到衣衫湿透的小七子，吓了一跳，忙问老妹："这么急跑来，家里发生什么事了？"小七子说："没事，翁大、姆妈叫你回家一趟，还嘱咐只许你一人回去。"黄德贵说："就这事？"小七子说："就这事。"黄德贵皱眉道："就为这，见着叫你跑大老远的路？我上个月不是刚回去过嘛。"小七子说："翁大、姆妈说你要敢不回去，就死给你看。"黄德贵恼了："好好，明天我回去，什么死不死活不活的。"黄德贵恼归恼，心里打起了鼓，父母说这样讨人嫌的话，不是他们的性格啊，以前我一年半载不回去，也没这样说，想他，哼，这借口也太低级了。小七子说："四哥，话我传到了，四嫂我就不见了。"说罢，扭过车龙头就走。黄德贵说："你去救火啊，吃过午饭再回去。"老妹说："天早着呢，晌午前能赶到家。"骑上车一溜烟跑了。黄德贵更加奇怪了，比自己小十多岁的老妹也不是这风格，以前来缠着春燕，不撵她不走呢。黄德贵激灵打个冷战，不好，俩老的一定是为春燕的事叫他回去的。

黄德贵猜得没错，第二天到家，屁股还没挨到板凳，黄母就发话了："小四，别隐瞒了，你和他四娘离婚吧。"黄德贵说："我的事不用你们管。"黄老头抄起桌上的一只碗摔到门槛上，碗应声碎了，黄老头说："反了你，她不能养小囡，你图她什么？"黄母气狠狠地冲向黄老头骂："你个老狗说归说，好好撧什么东西，难道不要你个孬种买怎的？"老两口撕扯上了。黄德贵说："你们慢慢吵吧。"扭身往门外走。老两口顾不上吵了，慌忙扑向黄德贵，说："你个忤逆子，今儿不把话说定了不准走。"黄母骂道："当初你发贱，为了仇家那丫头，去养活你那小舅老爷，我们没拗过你，现在那女人不生了，你还有什么理由要她，你今儿说出个道道来，我不拦你。"黄德贵说："我爱她，我为爱情，就这理由。"黄老头跳了："什么爱，什么情，母鸡不下蛋有什么可爱的。"黄德贵说："你们不懂爱情，跟你们扯不清。"黄老头骂道："放狗屁，我们不懂怎么养出你们七个崽。"黄母说："就是的，你能叫四娘养几个崽，我们就不叫你离婚，我还给她烧高香，我们不能让你这条根在她身上断了香火。"黄德贵哂笑不已："好好好，我回去想想再给你们答复。"

说罢，甩掉父母拽着的双手，推起自行车逃也似的飞奔上汰黄堆，落下老两口在后面跳着脚怒骂。

黄德贵的态度，让父母极为怒火，不过他们明白这事急不得。就凭小四为仇家悉心抚养小太平，还有那什么爱情，就知道这热豆腐吃了也烫心。老两口决计这事搁搁，看事态发展再拿主张。

黄德贵甩开父母，骑一段路就没劲了，他的思绪在妻子和父母之间扯拽着：让他离开春燕是绝对不可能的，可父母那道坎也不容易过，庄上人谁不知道老两口难缠，一旦得了理很让人下不了台。他合计着如何应对父母，又不让春燕知道，一时半会拿不出主意，两腿就蹬得愈加迟钝了。

傍午回到汰黄堆大队。

黄德贵早晨是瞒着春燕出发的，春燕收工到家，他没跟春燕提回黄河大队的事。黄德贵拿定主意，跟父母采取拖、搪、躲的战术，能糊弄一天算一天。

令黄德贵意外的是，连续多日父母既没有找上门，也没托人捎话让他回家。黄德贵想，看来父母也舍不得让他休了春燕的，这样最好，春燕生不了孩子，本来也不是春燕的错嘛，干吗为难她。

半年过去，春节逼近了，黄德贵思虑着是否回家一趟，不回，礼节上说不过去，回，他又怕父母旧话重提，半年多平安无事，不代表就真的风平浪静，有句老话叫树欲静而风不止，年根关节，他不敢完全相信难缠的父母真的就立地成佛，彻底放春燕一马了。故而他在犹豫中思索着如何度过这个年关。

仇春燕没有黄德贵想得深，跟她不知道公婆给黄德贵施加过压力有关。她以为，既然黄德贵不介意是否有孩子，愿意和自己白头偕老，自己就得珍惜这姻缘，和黄德贵好好地生活下去。所以她见黄德贵没像往年早早备礼品，很觉奇怪。送灶（小年）晚上，俩人上床后，仇春燕说："德贵，得空跟我去一趟黄河大队。"黄德贵侧过身沉吟道："今年不回去了。"仇春燕说："你讲胡话呢，礼节不能输。"黄德贵说："明天再说吧。"

第二天，黄德贵并没有提这事，也不到集镇上购物。仇春燕说："你反常了，不看俩老的，要被人骂的。"于是自己抽空到汰黄堆集镇买了些年货、礼品，腊月二十七早晨叫小太平上（黄）河北的舅家，她和黄德贵回黄河大队。

太平已长成半大小子，吃完早饭，拎着礼品向九龙口走去。

九点来钟，仇春燕死拖硬拽着推三阻四的黄德贵，骑着那辆"永久"车踏上了去黄河大队的路。

晌午，黄德贵父母见小四两口子来很意外也很高兴，锅上灶下忙得乐颠颠的。黄德贵啥事都不做，也不让仇春燕做，胸前腔后的寸步不离仇春燕。

饭后，黄家老两口、小七子及小四两口子，坐堂屋家长里短叙旧。黄德贵向仇春燕使个眼色，说："上茅厕。"仇春燕忸怩着没吭声。黄老头气哼哼地说："上个茅厕也锅铲离不开铜勺。"仇春燕见状，更不好意思挪步了。黄德贵只好干咳一声，意思警示父母，不该说的话不要乱说，这才急匆匆地往茅坑跑。

黄母见小四子拐过墙，说："他四娘，我有要紧话跟你说。"牵着仇春燕的手往东山墙的大儿子家走。仇春燕犹豫着欲行不行的，看一眼面无表情的公公，又扫一眼扭过头对黄母撇嘴的小姑子，懵懵愣愣地跟婆婆走了。

仇春燕不知道公婆老两口藏了满肚子的心事一直在寻找突破口，半年多黄德贵不归家，老两口明白小四子死心眼，肯定没跟仇春燕提离婚的事。而小四媳妇呢，用老两口的话叫不省事，明知道自己不能生育了，却装憨，不主动跟小四离婚，这叫坑小四、坑黄家，是绝不能容许的。老两口计划，如果小四两口子不懂礼数不回家过年，年后老两口一定找仇春燕动刀子。年前如果来，证明仇家丫头还晓得点好歹，就对她轻敲锣、轻打鼓，将意思表达明白了，让四媳妇自己拿主意，好聚好散可以当一门亲戚走的。

小七子与四嫂相处的时候虽然少，但很投缘，每次见面都比较黏，所以对父母在家念叨四嫂不生伢子必须离婚的话特反感，但事关四哥的后代大计，她又说不出个所以然。故而她对母亲背影撇过嘴，就信步出了门。

黄德贵上完厕所没见着仇春燕和母亲，不由心慌，忙问父亲："春燕呢？"黄老头冷着脸没开腔。树下的小七子咳嗽一声，用嘴朝大哥家努努。黄德贵明白了，油浇火似的高吼起来："仇春燕，回家！"

仇春燕随婆婆走进大伯子家，大嫂端凳子让她坐，仇春燕客气礼让，黄母犹豫一下，便快刀斩乱麻地开腔了。她刚说两句，仇春燕大脑就空白起来，接下来黄母说什么，几乎一句没听清，只是机械地点头，直至蹦跳高吼的黄德贵话声传来，她才醒悟过来，忘了跟婆婆、大嫂打招呼，满脸含霜地走出了大伯子家。黄母一愣，紧随其后出门。黄德贵见状心一凉，推过自行车，拽仇春燕就走。父母、大嫂、小七子看着他们奔上汰黄大堆，面面相觑，不知该说什么了。

十

　　仇春燕到家蒙头就睡，急得黄德贵直搓手，说："我知道姆妈跟你说什么，但你要相信我，是我跟你过一辈子，不是姆妈跟你过一辈子，她说什么你这耳听、那耳出就是了。"仇春燕不吭声，但床架子一抖一抖的。一盏茶工夫，眼睛发红的仇春燕起床了，说："德贵，咱们过个安稳的团圆年，年后分手吧，别让老人为难。"黄德贵沉默了片刻，说："以后禁止你跟我提这事，管他们怎么说呢，他们要再这样，我和他们断绝关系。"仇春燕又抽鼻子了。黄德贵淘了热毛巾替仇春燕擦脸，说："马上过年了，甭想那些没杆子事，我们过我们的，你要不听话，我跟你急。"仇春燕点了点头，抱住了黄德贵，小声说："我好怕，德贵，真的，我好怕。"黄德贵怜惜地拍拍仇春燕的背，鼻子酸了。仇春燕见黄德贵这样，强忍着恢复了常态，说："明天我还得上工，趁下午在家将家里收拾收拾。"黄德贵说："这就对了。"仇春燕烧热水，擦洗家什锅灶，清除墙笆、屋顶蛛网灰尘。黄德贵要搭手，仇春燕没让他忙。

　　黄德贵见仇春燕虽无笑容，但平静地干活，也就放了心，干站了一会，摸本没有封面封底的诗集坐窗口读去了。日头偏西时，黄德贵发觉仇春燕不见了，他扔下破书，屋前屋后找一番，问几个邻居都说没看到，慌了。

　　仇春燕到哪去了呢？原来她收拾好屋子，悄悄离开家，一口气奔到坟场，将一肚子的憋屈撒到父母坟头，号啕大哭起来，她说："翁大、姆妈唉，我该怎么办？你们地下有知，保佑我生个一男半女的，我离不开德贵哟，他对我和小弟都好，可我生不了小囡，这罪过我担当不起啊！我该怎么办？大哎、妈哎，我要是不离婚，会坑了他噢！我难死了、难死了、难死了啊！"

仇春燕心里的憋屈，除了哭诉给亡父亡母，不知该对谁说。对弟弟讲吗？弟弟虽然一天天的大了，可未必懂自己的心思。对村里人说？那是说不出口的。自己确实是一只不下蛋的母鸡啊！女人仅凭这一点，在乡下是抬不起头的。对闺蜜说？那会遭闺蜜耻笑的。对黄德贵说？那更开不了口。黄德贵自与她结婚以来，因对她爱得深，一切都顺着她、迁就她。她知道，黄德贵在爱她的这点上非常任性，几乎没有理由。既然是没有理由的爱，自己还能说什么呢？不过主意还是要拿的，如果自己不痛下狠心，是逼不走黄德贵的。而把他逼走，无异于在她心尖上是插一刀。正因这样，她才在百结愁肠中矛盾重重。

仇春燕哭得几乎背过气去，黄德贵走到她身后都没有觉察。黄德贵怎么想到来这里寻找的呢？是王三毛子告诉他的。王三毛子在土神庙前，砸树上的楝枣子玩，他看到一路呼喊春燕的黄德贵，说："黄老师，我看到春燕姐往黄河滩去了。"黄德贵吓得差点飞了魂，撒腿就往黄河滩跑。黄德贵的紧张是可以理解的，他怕春燕走她母亲的路。关于岳母卜凤英离奇的死亡，黄德贵早听村人说过，他这个文化人并没觉得是迷信，因为他家也住在黄河岸，黄河的传奇早扎根心里。岳母不是葬身黄河的唯一一人，黄河两岸的人都知道，从河南铜瓦厢至江苏套子口入海处的千里废黄河，古往今来走上"金光大道"不归路的男男女女难以计数，黄河在人们眼中是一个永远不解的谜。他们对黄河的敬畏、崇尚渗入了骨血，但更多的是惧怕，惧怕着这条母亲河。

黄德贵跌跌撞撞跑近黄河，举目四顾，河水滔滔，河畔静静，不见仇春燕的影子。黄德贵忽然自嘲地摇摇头，仇春燕纵有天大的委屈，断不会走绝路的，因为她不会丢下小太平。黄德贵意识到了什么，沿河堤往坟场走去，老远就看到坟前耸动着的仇春燕，放了心，悄没声息地走过去。他听仇春燕哭诉愁苦的心曲，泪也下来了，紧走几步，跪下去抱住了仇春燕，说："傻丫头，怎么这么傻啊，为这事折磨自己值得吗？老天爷实在不赐给我们孩子，大不了抱养一个，如果怕抱的不贴心，我们就将太平当儿子养。"仇春燕被抱的瞬间吓得尖叫起来，她缓过神来，擂了丈夫一拳。黄德贵轻抚着她的散乱头发，说："燕子，回家吧。"

　　仇春燕擦掉眼泪，神情复杂地看他一眼。黄德贵回看一眼，没有再说话，牵着她的手走向小村，一路引得路人侧目，因为这在乡村是极罕见的，男女牵手只能在室内、床上，而在旷野，是不被人理解的，人们不认为是浪漫，说那是不正经，夫妻也不行，别说岁数大的不行，年轻人也不行。黄德贵不在乎这些，神情麻木的仇春燕似乎也忘了这点。他们在村人惊讶、不解的目光中走进了草庐。

　　接下来的几天，仇春燕一旦从农田回来，黄德贵无论帮她做迎新年的各种杂活，还是什么都不干，目光总会在她的身上、在她的附近，观察她的表情。有时目光撞上了，仇春燕的目光变得更柔和，仿佛在说你别这样，我不会做傻事的，就冲你的这份爱、就冲小弟还没成人，我也不会做傻事的。黄德贵目光锁定仇春燕，心里祈求着父母别大过年的来生事。事实上他也处在两难中，他知道父母的做法不对，但他又理解父母，天下父母哪有对儿女生坏心的，还不都是为他好，才这样做的。他在心神不宁中伴随妻子、小舅子迎新年，扮好一个男人、姐夫的角色，尽量忘却自己也是一个儿子。

　　仇春燕虽然不再提离婚的话题，心里却是翻江倒海的，为了丈夫好，自己应该选择离开黄德贵；为了公婆不再操心，自己也应该离开丈夫。

当然这些做起来是千难万难的，可再难，自己不能做一个不道德的女人。然而，她又怕公婆找上门来谈这事，她就像踩在悬空的钢丝上迎接新年，心在左右摇摆中生活着每一天。

两人各具心事，但达成一个无言的共识：不回黄河大队过年了。

旧历的新年最像新年，穷困的小村不因贫穷而淡了年味，鞭炮的钝响，热包子的浊雾，腊肉的香气弥漫着汰黄堆村寨的家家户户。

仇春燕一家跟其他小村人家一样，过了个清苦但喜气洋洋的春节。当然这是表面上的喜气、平静，各人潜在的心境是复杂、骚动、情绪化的。

少年太平自脱离懵懂的童年期，学会了察言观色，虽说远没有成人的老练，但也观察出姐姐、姐夫的不对劲，只是他没有想得太深。故而，对于姐夫、姐姐没回黄河大队拜年，他很高兴。倒不是他不喜欢走亲戚，他是不喜欢上黄德贵家，他觉得黄家不是他的亲戚，每次随姐夫、姐姐去黄河大队拜年，他都别扭。他自小没喊过老爹（祖父）、奶奶、七姑八姨的，到黄家冒出那么多没有血缘关系的亲戚，他叫不出口，每次都把脸憋得通红。今年不去真好，省却了很多麻烦。他跑到（黄）河北的舅舅家，快快乐乐地过了好几天。

犹豫不决、矛盾重重的仇春燕过了一个不平淡的春节，至新年初五小年，黄家也没有人来，更没有人捎话让他们去黄家。她松了一口气，她最怕的就是年过得不安分。由此可见婆婆那天话说得虽紧，并没有盯着她拿主张。

正月初九，学校开学，黄德贵上班、太平上学，黄家还没有来人。接下来的日子，公婆俩似乎忘掉了春燕和德贵的存在，半年也没与他们联系。

仇春燕的心放到了肚子里，看来俩老的放她和德贵一马，让他们过平静的日子了。

十一

黄德贵与父母中断联系，庆幸自己的拖延战术取得了阶段性胜利，一家三口子过着平淡、幸福的生活。然而命运之锤有时会在不经意间击碎人详宁的梦。

盛夏的一天上午，黄德贵年迈的父母来到了汰黄堆大队，他俩没去学校找儿子，而是几经打听摸到了正在下滩积肥的仇春燕那儿。仇春燕一见俩老的，心里直叫苦，但当着那么多社员的面又不能失态，只能热情地和他们招呼。

黄老头、黄母见众人盯着他俩看，讪讪地对仇春燕说："他四娘，跟你说句话，就耽误你几分钟。"仇春燕杵着锹，心情复杂地看了看生产队长。被扒了书记又干上队长的老沙挺大度，一挥手说："老公母俩大老远地跑来，你提前收工吧。"仇春燕扔下锹，极不情愿地带老两口往家走。一路上三人都嘟着嘴，不知搭讪什么好。

到家，仇春燕招呼俩老的坐，说我到集上买菜。黄老头跨进门，说："别赶集了。"让进黄母，带上吱溜响的木门。仇春燕刚欲说什么，黄母紧迈两步，"嘭"的跪下了。仇春燕脑间一片空白，赶紧去拉黄母，说："妈，你这是干什么？折我寿啊！"黄母死活不肯起来。黄老头开腔了："他四娘，不是我们不讲情分，我们知道这样做伤天害理，可你也得为小四想想，他一辈子没后代是辱没祖上的。我们知道小四听你话，你能看在我们俩棺材瓢子的面上放他一马，我们给你敬高香都行。"黄母接口道："他四娘，人得凭良心，小四帮你抚养小太平六七年了，也算对得起你，对得起你仇家祖宗八代了，你要是不答应和小四离婚，我就跪死算。"仇春燕膝盖一软，"扑通"跪倒在黄母膝前，哭着说："妈，我离，我和德贵离，你快点起来。"黄母也哭了，说："四娘我的儿，妈知道你心里苦，要恨你就恨我吧，下辈子我做牛做马侍候你。"仇春燕张着嘴哭，一句话也说不出。黄老头拉起老婆子，老太婆挣扎着连拉带抱起仇春燕，婆媳俩搂头哭了一通。黄老头说："老婆子，甭哭不够了，快点走吧。"仇春燕擦擦泪，说："你们大老远地来，吃过饭再走。"老两口慌忙说："不行不行。"拉开门就往汰黄堆走。仇春燕也没强留，目送着公公搀着婆婆疾步走近土神庙，老两口这才掉过头看看她。仇春燕黯然叹息一声，奇怪自己没有一滴泪了。

黄德贵到家，仇春燕一脸平静地说："从今儿起咱俩分床，你跟太平睡、回学校住都行，不答应离婚，我就永远不和你讲话了。"黄德贵被搞得一头雾水，伸手摸摸仇春燕的脑门，说："你没事吧。"仇春燕打开了黄德贵的手，说："以后请你注意点。"黄德贵说："你发神经啊，总得告诉我理由吧？"仇春燕说："没理由，你非得要个理由，那我告诉你，小弟已长大，你已没有利用价值了。"黄德贵被刺激得跳了起来："你怎么能这样讲话？"俩人自婚后小磨擦虽发生过，但从没像今天似的说过伤感情的话。黄德贵气得饭也没吃，跑学校去了。不过，他很快地冷静了下来，返回问仇春燕："今天我家是不是来人了。"仇春燕一愣，看也没看他，说："你尽瞎说，你家来没来人关我屁事。"黄德贵不搭言，推出脚踏车往黄河大队赶去。

仇春燕说到做到，怎么也不搭理黄昏匆匆赶回来的黄德贵。黄德贵围着仇春燕说："我快到家时赶上了老两口，他们承认来过，他们说，什么也没跟你说，我不相信，跟他们大吵了一架。"仇春燕哑巴似的不说话。

晚上，黄德贵赖床上不走。仇春燕不吭声，面墙睡下。夜半，黄德贵手不老实，被仇春燕打开。黄德贵甜言蜜语着爬到仇春燕身上，被仇春燕掀了下去。黄德贵恼了，叹口气重重地躺下。

连续几日如此，黄德贵受不了了，责问仇春燕到底想干什么？他到底哪方面得罪她了。黄德贵嘶喊了千百句，仇春燕只回答一句："你没有利用价值了。"黄德贵的心再次被深深地刺痛了，说："你是个不可理喻的女人，看来我心中那朵美丽的花儿死掉了。"仇春燕冷笑不已。黄德贵盛怒之下刚跑出屋，仇春燕的泪就下来了，不过她捂着嘴不敢哭出声。

天蒙蒙亮，黄德贵收拾几件换洗衣物，搬回村小那间一直闲置的宿舍。仇春燕看着孤寂离去的黄德贵，失声痛哭起来。

冷战一个多月，黄德贵虽每天仍回来，但仇春燕离婚的心丝毫没有改变。黄德贵心里啊，不知翻了多少重难言的浪。

其实这一对苦命的鸳鸯，自分居后，各自都将苦恋埋在心里、付诸在相互不知情的行动上。黄德贵搬离仇家的当晚，春燕悄悄地来到小学校汪塘边，静静地注目着黄德贵宿舍窗口的灯光好久，才黯然叹息着返上汰黄堆，无力地走向家。这样的镜头几乎每天晚上都重演着。

夜深人静，仇春燕在床上辗转反侧时，熄了灯的黄德贵来到土神庙前，望着黄河滩上仇家没有灯火的孤寂草屋，思索着春燕的反常行径，怎么也割舍不断心头的融融春情，一直徘徊至零点，才叹息着重返学校。

立秋那天，黄德贵终于作出决定：不再为难春燕了！

上午，黄德贵专程到汰黄堆集镇买了几个荤素菜，还带了一瓶山芋干酒。到家后，吩咐小太平打下手，自己掌厨，说："你姐为我们做了多年饭，今天让她吃一顿现成的。"小太平边择菜边神情复杂地看着黄德贵，说："姐夫，我知道大姐不生伢子要和你离婚，你不会真离开大姐吧。"黄德贵重重地叹口气说："我从没想和你姐分开，可……"他说不下去了。

仇春燕放工，看到满桌张罗好的菜和酒，极意外，也极吃惊。黄德贵从内室出来，瞥一眼下间房的小太平，说："燕子，咱们到外面说两句话。"仇春燕点点头，俩人走到屋后菜园，黄德贵踌躇了一会，开口了："燕子，我不知道我父母跟你说了什么让你变得叫我认不识，我知道这些日子你说的过头话不是出自你真心，你跟我结婚这些年了，这点我还是了解的。我想了好些天，再这样下去你会崩溃的，现在我同意和你离婚，咱们夫妻不成，我希望以后能当姐弟处。"仇春燕泪流下来了，她真想抱住黄德贵，头靠在他肩上歇息，但她终究没挪步，只轻声道："德贵，你就把我当个坏女人恨吧，别的什么也别说了。"黄德贵伸手揩掉春燕的泪，说："我不会恨你的，要恨只能恨我自己，谢谢你这些年给我的爱，我同意跟你离婚，今天咱们吃一顿团圆饭。"

从不喝酒的仇春燕陪黄德贵喝了几杯，又叫太平拿水敬黄德贵，说："感谢你姐夫对你这些年的栽培。"太平端过春燕的酒杯，说："我要用酒敬姐夫。"说罢一口饮尽，杯子朝桌上一放，起身就往外走，道："大姐，我不知道该不该恨你。"仇春燕苦涩地笑笑。黄德贵说："鹏燕，你不能和你大姐这样说话，你到哪去？"太平说："我烦，出去转转。"

自姐姐与姐夫分居那天始，太平就明白这个家要散了。姐夫并没有怪罪姐姐不能生育，错在姐姐冷落姐夫，千不该万不该挖苦姐夫、伤姐夫的心。这是少年太平的理解，他不知道姐姐的心时刻在滴血，不知道姐姐爱姐夫愈深，伤自己愈重，她正是为姐夫好，才答应公婆的请求，离开丈夫黄德贵，独自一人将无际的伤痛扎在心里。

仇春燕和黄德贵相视着，突然抱头亲吻着大哭起来。黄德贵抱起春燕进了内屋，俩人不顾青天白日昏天黑地地做起爱来。

一周后，俩人到公社离婚，工作人员鉴于仇春燕不生育的实际情况，没作多少调解，办理了一对恩爱夫妻劳燕分飞的手续。

黄德贵调回黄河小学，次年开春与守了寡的陶素英结了婚。陶素英也算是个不顺心的女人，她与那个当兵的并没有成就姻缘，后来嫁给了同村在徐州煤矿的采煤工。女儿一岁半时，丈夫在井下出了事。守寡几年来，她孤苦地带着女儿过日子。婆家对她不亲近，认为是她克死了男人，骂她是个生着一副寡妇相的女人，一生不得好。这样，她就与婆家断了往来。陶素英怨自己命苦。这个命苦的女人极少想死去的丈夫，却想着黄德贵。

黄德贵在汰黄堆的婚姻经历，她早有耳闻，她没想到黄德贵竟有一副感天动地的心肠，她为自己当初错过这桩姻缘而暗暗地悔恨。黄德贵带着一颗受伤的心回黄河小学后，经人撮合，与陶素英走到了一起。不过，在黄德贵的心里，和陶素英结婚，与爱情无关，他的情只给了一个女人——春燕。他重新组织家庭，只是为了疗伤，只是为了过没有色彩的日子，只是为了尽快地将过去忘记。

仇春燕深受离婚打击，一直没有再婚，直至多年后孤寂地病死在汰黄堆畔的家里。

中篇

一

　　仇鹏燕第二天上午十点多钟拨通了女儿小娅的手机，小娅的声音慵懒，好像才睡醒。仇鹏燕询问小娅的学习、生活状况。小娅说："真没劲，都好，有妈妈遥控着呢，你多会儿回家的？"仇鹏燕一时语塞，半晌道："都好我就放心了。"小娅没吭声，摁了手机。

　　仇鹏燕很失落，想干点什么，又六神无主。于是躺床上乱翻一通书，一句也看不进去，就这样和狗不吃不喝沉闷地待着。

　　仇鹏燕一觉睡到下午四点，他是被狗扒门的狺狺声吵醒的。仇鹏燕骂了声："畜生！"他头胀得疼，不想搭理它。连月来他的睡眠一塌糊涂，这两天踏实了，他想补补觉，可越补头越疼，心情也愈加糟糕。仇鹏燕打开手机，想给李莉打个电话，举起手机又发呆了，跟李莉说什么呢？李莉不定恨他到什么程度呢。算了，合上手机，手机随之响了，马成功打来的。

　　他犹豫着接还是不接，听凭彩铃哼唱不已，彩铃吟唱第三次，他才摁下接听键。马成功声音极洪亮："仇县长吗？忙什么啊？手机这么难打啊！真让我着急啊！"他一"吗"三"啊"，仇鹏燕听得脊背冒凉气也冒青烟。这小子做秘书时跟他讲话都是压着嗓门的，自打下海发了财，不但说话声大了，尾音还动不动"啊啊"的。仇鹏燕不高兴了，说："马总，不许喊我县长了，你不嫌硌碜，我还扎耳呢。"马成功道："仇哥啊，你是我心中永远的县长啊！短信收到了吧，今晚为你洗尘，务请赏光啊。"仇鹏燕说："马老弟，免了吧，我没心思。"马成功说："仇哥，你一定要来啊，小范围，都是你愿见的人。"仇鹏燕又问有哪些人？马成功说来就知道了。仇鹏燕沉吟一声："到时再说吧。"

仇鹏燕接手机间，狗一直哀叫着。接完电话，皱着眉打开了门，狗箭似的蹿了出去。仇鹏燕骂了句："有多远滚多远吧。"

马成功霸王请客，硬拉仇鹏燕到了巴比伦大酒店。定了豪华的"海伦厅"，主客是仇鹏燕，东道主马成功，陪客有江东大发房地产开发有限公司董事长王国富，原黄淮市政府副市长而今的深圳朱氏电子实业集团公司暨中外合资江北电子实业有限责任公司董事长朱友三、总经理朱友四，还有一个是省城来的郑娜。面对座上的郑娜，仇鹏燕暗吃一惊，他扫一眼马成功，意思你小子乱弹琴，害怕我不够糗咋的。马成功忙说："仇哥啊，我说就小范围几人，朱董在你家我就说过了，刚从深圳来，王董这几天一直在市区，是他们主动约我请你的，说该宰你的老部下我这一刀，郑姐受总部委托与朱总有笔生意往来，恰巧到了黄淮，叫请客不如撞客。"

郑娜对仇鹏燕含笑不语，仇鹏燕挠挠头，伸手给郑娜，说："你好，你来实在让我有些汗颜。"郑娜也将柔软的小手递过去握仇鹏燕的手，几乎无骨地说："死相，瞧你的傻样。"仇鹏燕说："咱们好几年没见过了，想不到今晚遇上。"王国富拍下仇鹏燕的肩膀道："你俩今夜就好好叙叙旧，但要悠着点。"朱友三指指首座说："仇县，坐，别听他扯了，再扯三句就要吐狗牙了。"仇鹏燕瞥一眼王国富，抱拳对朱友三道："朱市长，那位置哪是我坐的，您请吧。"朱友三说："你还喊我什么市长，老皇历了，今晚你是老大。"王国富接口道："别官不官、总不总的，咱哥们不讲那些俗，不过，首席还得仇县坐。"

席间，几人对仇鹏燕的未来规划了不少。朱友三说："我是过来人，小仇想在仕途上再有大的发展，只怕没什么可能了，如果不嫌屈架，到三河的公司去，做老四助手，协助他将那一摊子管好。"十年前，朱友三做副市长时很风光，后因养情妇牵出受贿案，被判了三年有期徒刑。出来没几天南下深圳，投靠为官时从商的旧友，到底路子宽、底子实，几年后混出一方天地。朱友三当副市长时不认识在沙河县做办公室副主任的仇鹏燕，他是在仇鹏燕到三河县任职不久后，经马成功引见才相识的。

仇鹏燕沉默不语，半晌道："我还没有思想准备。"朱友四说话了："公司的大门随时向仇县长敞开，只要你不嫌我那儿憋屈就是了。"王国富插话道："当官的不自在，干脆咱兄弟联手，我公司跟官府打交道的那块交给你，我相信咱们公司会如虎添翼的。"仇鹏燕不怎么想搭理王国富，他在三河任期内助王国富谋得房地产大开发，让这家伙狠赚了一把，而他出事也与这家伙有千丝万缕的关系。虽说这家伙处事圆滑老到，让他化险为夷了，但如一只大苍蝇堵在喉间，极难受。马成功没插这些话，只说喝酒。郑娜从头至尾几乎没说话，也极少吃菜喝酒，只偶尔夹些菜放仇鹏燕小碗里，听凭他们海侃。

宴席结束，也许是酒精的作用，仇鹏燕心里很高兴，感到自出事以来从未有过的轻松。几人要去泡桑拿或唱歌跳舞，仇鹏燕坚决不肯，说："你马成功用枪逼我也不去的，我只想回去休息。"分手时，郑娜眼中流出一缕柔情，无骨的小手紧握仇鹏燕一下，说："保重吧，有空去省城玩。"仇鹏燕心头一热：这么些年了，这女人冷艳没变，冷艳下的柔情也没变。

几人出了酒店，郑娜先行一步回宾馆。马成功要驾车送仇鹏燕，仇鹏燕说自己打车回去。王国富摇摇头道："仇县变得生分了。"仇鹏燕没吭声，挥手招呼出租车，就在这时，他看到胆胆怵怵静候在路牙上的野狗，心头不由一颤：这狗东西也跟来了。他向狗招招手，狗看了看他，一溜烟向前奔去。

马成功、朱友三、朱友四、王国富驾车走了，仇鹏燕决计步行回家，几里路权当酒后散步。夜晚的沙河风光挺美的，近几年沙河县委县政府对城区河段进行疏通、排放恶化的河水，注入新鲜血液，将河两岸建设成风光带，特别是依河构建的花园式广场，让小城有了翻天覆地的变化。

仇鹏燕正信步走着，忽然看到梁艳面河而立在梧桐树下，微风吹拂她的飘飘长发，像河神似的动人心魂。不过她的面容很憔悴。仇鹏燕的心一懔，此时他很怕见到这个女人，不由匆步向广场拐去。走过广场，踏上草坪，仇鹏燕看到野狗在草坪边等他，心一热，向狗走去。狗摇摇尾巴，显然撒娇。仇鹏燕拍拍狗头，说："走吧。"狗嗅嗅他的裤脚，撒欢跳越着。仇鹏燕和狗走近沙河大桥，在大排档买点熟食喂狗。野狗吞吃的神情，像是十分感谢他。

野狗吃完食，伸舌头舔舔嘴唇，又卷着舌头舔舔嘴边，似乎想把油汁舔尽，那股馋相逗得人气恼。仇鹏燕不由打个冷战，刚被"双规"时，他正处在悲痛中，思想一时转不过弯，甭说吃饭，连水都不想喝。纪委的人不敢大意，害怕在问题没搞清前出人命，于是哄着陪他打扑克、下棋，几乎不谈案子，顶多冷不防以商量的口气探讨问题，但实质是想抓住一两根毛薅。直到第四天他才静下心来，认为自己根本没有问题，没必要折磨自己，才构造出一道坚固的心理防线。有了那道防线，他释然了，才发觉很饿，吃饭时那股凶猛劲跟这条野狗差不多。他黯然笑了，人无论多么高贵，沦到那种份上，充其量也就是一条饿狗了。

狗紧随他撒着欢小跑，途经人民剧场时，野狗一蹦三跳蹿上剧场大门的台阶，对门角跷腿撒尿。仇鹏燕先没在意狗的行径，待发觉苗头不对，气笑了，骂道："真是糟蹋市容。"他喝开狗，狗夹起半泡尿窜过马路往沙河堤跑去。

仇鹏燕举头看着历经数十年风雨、显得陈旧颓败而今被改作歌舞厅的人民剧场，油然感叹人世沧桑、世事难测。

他唤狗时，手机响了，郑娜打来的，问："鹏燕，到家了吗？"仇鹏燕说："在路上。"郑娜道："我睡不着，想跟你聊聊，方便吗？"听着丝竹般的颤音，仇鹏燕的心也颤了，说："好的。"郑娜问："你附近有茶馆吗？我马上过去。"仇鹏燕两头瞧瞧，说："没有，要不我到你那儿去？"郑娜迟疑片刻，说："夜深了，咱们就在手机上聊聊吧。"仇鹏燕："好的。"郑娜道："明天我回去了，你想去省城散心，就跟我一起走。"仇鹏燕说："好的。"郑娜想询问他一些在酒桌上没好问的事，道："你讲实话，有什么打算？"仇鹏燕说："对我没下结论前，不能有打算。"郑娜听出答话没劲，甚觉无趣，说："你回去早点休息吧。"仇鹏燕只说了句好。仇鹏燕黯然叹息一声，班房让自己都待傻了，竟然全是被动的回答，这算什么事啊。

仇鹏燕合上手机，没想到梁艳站在十步外目光复杂地看他。仇鹏燕一惊，刚才没细瞧，几个月不见，梁艳明显瘦了，心中不由涌起缕缕的痛。但他能表达什么呢？尽管不能表达什么，也不管过去的风云如何，招呼还是要打的。他硬着头皮迎上前，面带一丝难得的笑容道："你好！"梁艳本能地后退了两步，顺下杏仁眼道："鹏燕，对不起！"仇鹏燕摇摇头，说："你不欠我什么，别道歉。"梁艳一愣，没话找话说："今晚的天气真好！"仇鹏燕也一愣，心说你有病啊，但出于礼节，还是应了句："是好。"梁艳说："我离开'江东'了，明天去深圳。"仇鹏燕沉吟一下道："也好，祝你一路顺风。"

梁艳点点头，毅然扭身走了。

仇鹏燕的心似乎被生生地扯一下，疼得莫名、疼得茫然，好像有万言千语欲吐向渐渐远去的梁艳，但终究什么话也没说，只轻踢一下野狗，缓缓地踏上了与梁艳相背驰的道。

二

　　幼时小太平完全依赖姐姐生活，没有姐姐仇春燕，说不清小太平会
夭折于哪一天，也就不再有小太平的故事了。那么小太平是几岁时有了
主宰自己的意识呢？就从那条小花狗说起吧。

　　小花狗被小太平收养了大半年时，差点被仇春燕打死。那天早晨，
小太平到菜园子拉屎（不去茅厕，怕掉进粪坑）。小花狗与小太平处得很
亲近，调皮的它不但每每主动吃掉小太平拉的屎，还会舔小太平的屁股。
小太平独自享受着这份姐姐不知道的乐趣。那次小狗还没等小太平挪窝
子，便将舌头伸到小太平屁股沟下卷屎。也该它倒霉，当它红红的舌头
几乎卷到小太平屁股时，刚巧被倒马桶的仇春燕看到。仇春燕吓得半死，
马桶差点失手。她以往看到狗在小太平身边等屎吃，没有看到狗舔小太
平的屁股，有时还摇头骂这狗改不了吃屎本性。仇春燕放下马桶，抽起
山墙根的木棍冲着狗头就砸。小狗被砸蒙了，小太平也吓蒙了。狗尖嚎
一声，在菜园内兜圈，小太平则怒斥大姐不许打他的小花。仇春燕连吼
带骂着追打花狗，说："不许养这死狗了，一定要打死它。"小太平不及
揩屁股哭喊着追打姐姐，说："大姐不讲理，好好的打我小花干什么。"
花狗挤过菜园栅栏跑了，仇春燕转身怒视小太平，说："你知道个屁，刚
才小狗差点吃了你的'小麻雀'。"小太平一听，捂嘴笑了，说："小花也

不是第一次舔我屁股，省得我揩。"仇春燕惊得目瞪口呆，说："以后不准玩这把戏，后悔就来不及了，前堆村有个伢子的小麻雀就是被狗舔掉的，长大了就做不成男人了，懂吗？再这样就把狗撵走。"小太平低下头说知道了。其实他知道什么，整天还是和小花狗形影不离，只要姐姐看不见，依然撅着屁股给狗舔。

说这些，并非表明小太平从小就是个劣货，事实上除了这事，还有姐姐刚结婚时缠着跟姐姐、姐夫睡的那些日子，生活中的好歹，他还是懂得的，这也是仇春燕顺心的地方。

小太平自上小学一年级起，在姐夫黄德贵指导下，学习成绩一直是高邮的鸭子——呱呱叫。那个年代，学生除了学工、学农、学军，还得完成生产队的拾粪、拣麦穗、为老师种收实验田等任务，但黄德贵灌输给小太平的"众人皆醉我不醉"、有一肚子知识不是坏事的理念，潜移默化着小太平。为防小太平贪玩，黄德贵鼓动小太平找庄上的小伙伴来家里一起学习。小太平"噢"地答应着，但几天不见行动。小太平知道，庄上的孩子谁都不喜欢学习，念书不是为自己念的，都是被动地为父母念的。玩多爽啊，什么脑筋也不用动，拎一根牛鞭子，或滚一只铁环，走汰黄、钻下滩、赶山堆头、跑黄河滩，哪管什么天地日月星，两只脚底板就是风火轮。玩雅的，就跳方字格、斗地主、打梭。玩刺激的，就淀光子火枪、耍大刀、舞红缨枪。当然这些都是干完家务后才能拥有的自由。

小太平除了玩，没有那么忙，家务活姐姐揽了，柴禾不要他捡，平时差不多没事可做。仇家不像庄上许多人家农闲打（编）席子搞副业，当然指望仇春燕也忙不过来。小太平自被姐夫抓了学习，玩的时间就少了。

星期日下午，小太平完成作业，黄德贵旧话重提，小太平才嘟着嘴溜出去。他兜一圈子，见一些小朋友正在父母的目光范围内干活，另一些小朋友力邀他去九龙口或船厂玩，还有一些小朋友平时与他不搭嘎、不理他。

小太平甚觉无趣，最后才上三毛子家。王三毛子正被王大婶训斥偷吃了奶奶的饼干下不了台，见小太平像见了救星，脚板抹黄油就往门外溜。王大婶喝道："不许走。"小太平说："王大婶，我姐夫让三毛子去我家学习。"王大婶问："真的？"小太平点头道："真的，姐夫叫我来喊的。"王大婶"哦"了声，之后说："那好，这东西是该学学做人了。"

王三毛子对小太平吐了吐舌头，溜出了家。路上，小太平笑话王三毛子偷奶奶饼干没出息。王三毛子说："明明是奶奶给我吃的，我妈就是不相信。"小太平问："你奶奶呢？"王三毛子说："奶奶替人家接生去了，两块饼干放在老油柜子上不是给我吃的还能给哪个？"小太平说："你奶奶也没说专给你，你大哥、二哥、小妹都有份。"王三毛子哼了声："他们也没看到，我看到就是我的。"小太平笑了，说："你是无赖。"王三毛子也笑了，说："我就是无赖，哪个不吃哪个吃亏。"

两个小家伙一路说笑着走进了仇家，小太平对姐夫道："他们玩的玩、干家务的干家务，没人肯来，就三毛子被我押来了。"黄德贵"噢"地答应一声。

王三毛子喊声黄老师。三毛子也是黄德贵的学生，这小子贪玩，念不进去书，不过能和小太平结伴学，也许能收敛些。

黄德贵让他俩坐好，没有急着谈学习上的事，询问王三毛子几句闲话后，给他俩讲了一段唐三藏取经的故事，听得两小家伙痴痴瞪瞪的。

第二天晚上才步入了正轨，先温习一下白天所学，布置一点作业。完成后，黄德贵给他俩读些文学书籍。王三毛子听故事还行，学习一直没有起色，黄德贵无奈，只好随他了。

小太平受到良好的熏陶，日渐懂事，仇春燕喜在心里，与黄德贵愈加恩爱。一日，仇春燕逗趣小太平："小弟长大干什么？"小太平洋洋得意地说："我喝足墨水做大队会计。"仇春燕哑然失笑，夸小弟有志气。黄德贵则乐着说："井底之蛙也，应该干大事情。"小太平点点头，说："行，听你的，干大事情。"

　　时间悄悄地流逝着，小太平幸福而清苦地生活了几年。升入汰黄堆初级中学后，一天，他觉察姐姐与姐夫忽然变得不太正常，虽然没有吵架，却总是怪怪的。留心一段日子，才知道是大姐不能生育了。他没有将这事放在心上，觉得那是大人的事，由他们自己解决。再说，姐夫虽然辅导不了自己，但对自己仍是一如既往地关心。后来黄家两个老人与姐姐、姐夫之间的曲曲折折、弯弯绕绕，他不知道，也不想知道。他想，知道了又能怎么样？谁能在乎我一个孩子的知道与不知道。

　　初中毕业（两年制）那年暑假，白天，他和庄上的小伙伴给队里放牛；夜晚，他带着花狗与庄上的人在打谷场纳凉睡觉，家中发生不愉快事，他也没太在意，直到一天早晨，姐夫搬走，小太平才醒悟过来，拧着眉责问姐姐怎么回事？仇春燕擦掉眼泪，强装笑容道："我和你姐夫缘分尽了，以后就咱姐弟俩过。"太平问："是不是黄德贵欺负你了？"摸根棍子就往外冲。仇春燕抱住太平，说："你犯什么浑，是大姐对不起他，不关他事。"太平哭了，问："大姐你怎么了？你不能没良心。"仇春燕哭着说："你只当大姐的心被狗吃了。"太平气得一脚将狗踢出了门，狗委屈地嚎叫着。

　　黄德贵搬走后，在与春燕外冷内热、各自"折磨"自己的日子里，太平也是极痛苦的。

　　一天傍晚，太平来到汰黄堆小学，黄德贵宿舍的窗口隐约透出油灯的光。他走近木门，喊声大哥。黄德贵应声拉开门，说："你还没回家？

放牛可别荒废了学业。"太平点点头。黄德贵拿出煤油炉，要煮饭给太平吃。太平摇摇头，说："大哥，别忙了，顿会儿我回家吃。"黄德贵说："在这在家吃，还不都一样。"太平说："不一样。"黄德贵略怔一下。太平说："姐夫，为什么不回家？你向大姐低一下头，我们还在一起过吧。"黄德贵放下煤油炉，重重地叹口气说："太平，你姐心里比我苦，我不能再折磨你姐了。"太平说："你不回家更折磨她，我常听到大姐偷哭。"黄德贵说："我知道，可我回家你姐姐比哭更难受，我不知道俩老的跟她说了什么，她就是不肯解释，铁定跟我离，我不搬，怕把你大姐逼疯了。"太平说："你不跟我大姐过下去了？"黄德贵说："我当然希望跟你大姐白头到老，可你大姐……我知道她是故意说那些伤我心话的，就是为了离婚。"太平嘟了嘴，问："就因为大姐不能生伢子了？"黄德贵点点头，说："是的，其实我根本不在乎，可你大姐过不了这道坎，她说不是舍不得你，真想死了，你说我哪还敢逼她？只能顺着她的意思来。"

太平说："我明白了。"

太平回到家，春燕的饭已做好。太平没有吃，呆坐在堂屋，跟大姐说了同样的话题。春燕摇摇头，说："大人的事你别掺和，我是为你姐夫好才这样的，做人要对得起自己的良心，我不能害他一辈子。"太平说："伢子就那么重要吗？"春燕说："你长大就明白大姐的苦心了。"太平说："我现在就明白，你和姐夫都是好人，都不想伤害对方才折磨自己的，可我心里就是不痛快。"

春燕望着漆黑的门外落泪了，心说：弟弟懂事了。

三

　　1976 年暑秋，太平的生活发生了三起重大改变：一是他从汰黄堆初级中学被推荐到县城沙河中学读高中；二是黄德贵和姐姐仇春燕离了婚，他偷偷地哭了一场；三是与他相随七年的花狗不知被什么人打死，他哀痛一番，将狗埋进了菜地。

　　这一年，国家也逢多事之秋。

　　太平上县中，黄德贵出了大力。按仇家在汰黄堆的处境，天上掉下馅饼都不会砸到他头上的。汰黄堆大队一千多口人虽属杂姓庄，没有绝对优势的大姓，但寻常家族几十口人还是有的。可像仇家只有姐弟二人，没有第二户。黄德贵虽在仇家生活了七年，毕竟不是本村人，铺盖一卷，更不能算仇家人了。再说，那个年代的民办教师没多高的社会地位，在村里一口唾沫砸不出一个坑的。

　　黄德贵与仇春燕的婚姻虽历经波波折折，但并不影响黄德贵对太平的关心。在黄德贵心中，太平就是他的儿子，或者说是他未能实现的梦，故而他倾注大量的心血来栽培，期望太平成为一棵参天大树。至于是一棵什么样的大树，黄德贵也迷茫。不过，他认定一点：把书念好绝对没有坏处！

　　黄德贵求人在县城搞了一条内供的"大前门"香烟，来到公社文教办主任家。主任算是熟人了，当年他调到汰黄堆小学，就是主任做的顺水人情。黄德贵说明了来意，重点推介小舅子是块读书的料，请主任帮忙让仇鹏燕到县中读书，未来能有一个更好地发展。主任颇为难，说我在公社中学摸过底，知道你小舅子是块不错的料子，关键是名额太少，别看大环境导致不爱学习的学生多，可关心孩子成长的家长多，公社大院里的几个干部早就盯着这一块呢。黄德贵说："您也不能眼睁睁地把一颗珍珠埋进淤泥吧。"主任说："我力争一下吧，办不成不能怨我。"黄德贵说："中，办不成不怨您，当然您真出力办，也没有办不成的。"主任笑了，说："你这逻辑纯粹是将我一军嘛。"对于黄德贵呈上的香烟，主任没有拒绝，但照价付了烟钱。主任说："这是紧俏品，县领导才抽得上，我买还得求人，你怎么搞来的？"黄德贵说："我一个远房叔伯兄弟，从部队副营长转业到县供销社，求他搞来的。"主任说："你还有这路子啊，算我求你买的了。"黄德贵抵死不肯收钱。黄德贵说："我一辈子没送过礼，但我为小舅子破了人生一例。"主任说："你想让我犯罪吗？你不收钱，我就不敢帮你小舅子说话了。"话到这个份上，黄德贵收下了钱。那个年代的干部是真不敢收礼的，参加一顿吃请，都得权衡一下能不能吃。

暑假，太平接到沙河中学入学通知，那时黄德贵搬进小学校已近一个月了。那天傍晚，太平从汰黄堆初级中学返回，在庙前徘徊了好久，他并不知道黄德贵为他上县中求了人，但直觉告诉他黄德贵肯定帮了忙，不然这等好事轮不上他。他决计将这好消息先告诉姐夫。姐姐虽然与姐夫发生了矛盾，但姐夫是仇家的恩人，这是不容否认的。太阳垂近地平线时，他走向汰黄堆小学。校园内静悄悄的，几乎没有人迹。他走近黄德贵宿舍，门敞着，黄德贵正坐在桌前发呆，桌上摊着浩然的《金光大道》，他并没有翻阅。太平跨上门槛喊声姐夫，吓得黄德贵一挺腰站起，说："来啦，好多天没看到你了。"太平道："谁叫你不回家住的。"黄德贵没吭声。太平说："我接到县中通知了。"黄德贵点点头，说："到县中好好学习。"太平说："姐夫，你托关系了吧。"黄德贵说："不提这话，好好珍惜这学习机会。"太平道："我明白，你从不向人低头的，难为姐夫了。"黄德贵说："尽说傻话。"太平犹豫半晌道："姐夫，回家吃饭吧，大姐知道我上县中不定多高兴呢。"黄德贵沉默半晌说："你大姐高兴就成，别为难她了。"

太平叹口气，不再说什么。

姐姐春燕与黄德贵离婚不久的一天下午，硕大的太阳垂向金黄色的河滩，将小村映照得如一幅流动的画。还没开学的太平扛着"筑钩"（农具）来到屋后，他按姐姐的吩咐，将菜园的泥土松松，待姐姐撒播青菜籽。本来这事用不着太平做的，可那几天大姐腾不出空子，她参加生产队抢收玉米棒子，早早晚晚地忙不停。种蔬菜讲究季节的，好在菜园大小不到二分地，还长了一多半的萝卜、番瓜、韭菜，余下的地也就两三张席子大小吧。他举着"筑钩"正翻筑着土地，突然花狗的尖嚎声从屋前传来，太平一个激灵，半天没看到花狗了。

自上初中后，太平很少与花狗形影不离了，只能早晚时与花狗相伴，但这丝毫没有减弱他与狗的感情，可以说花狗在太平的心中是另一个太平，太平在狗的眼中是另一条狗。花狗的尖利嚎叫，惊得太平扔了"筑钩"，蹿出柴笆栅栏门，箭一样射向屋前。花狗显然是从汰黄堆逃来的，肚腹下拖着一截触目惊心的肠子。太平难以置信地盯着花花的肠子，像木桩一样呆住不动，脑瓜陷入一片空白，谁和花狗有这么大的仇？谁和太平有这么大的仇？谁和仇家有这么大的仇？

花狗悲鸣、艰难地跑近太平，他才回过神来。太平也像花狗一样尖嚎着扑向花狗，狼似的嚎叫起来！他紧紧地搂住花狗，将肠子往狗肚里塞，嘴里不停地骂着畜生畜生！花狗在太平的怀中狺狺地哆嗦着流泪，像遭受凌辱的孩子见到了父母亲。太平哭喊着将狗肠子塞好，脱下衬衫拦腰扎住伤口。伤口是什么利器刺割的，太平无心查看，他只晓得赶紧扎紧伤口，替花狗止血，可下一步该怎么办，他不知道。那会儿不像现在有宠物诊所，各类宠物狗的诊疗待遇如同病患者进了医院。那个年代的狗们除了看家，就是盘中餐。乡村兽医倒是有的，但他们只诊治猪牛马羊，倘若你把狗拖给兽医，非被骂得翻跟头不可。时代不同了，汏黄堆人民不会想到，仅仅二三十年后，狗的地位远远高过了猪牛羊。

太平搂着受伤的狗像一尊雕塑跪伏在屋前，夕阳落入黄河前，奄奄一息、流尽最后一滴泪血的花狗死在了太平怀里。太平亲着狗头，像亲吻自己逝去的童年，他忘却了悲伤，忘却了愤怒，也忘却了哭泣，抱起花狗，来到菜地边，轻轻地放下狗，像怕惊醒了熟睡的婴儿。接下来，他抡圆了"筑钩"刨地，不是乱刨瞎刨，而是筑了一个深约二点五尺、长宽各三四尺的坑。他满头满脸飞洒的汗珠，像他与狗的泪水交融在一起。

一口气刨好坑，他累坏了，一个悬空跌坐在地上，长长地喘了几口气，才伏过身子，抱起花狗，缓缓地放进坑里，像放着极为易碎的瓷器。天色完全暗淡下来，伏在坑边的太平看着轮廓渐渐模糊的狗，似乎在看一个遥远的梦。过了许久，他捧起新土掩埋花狗，他就这么一捧一捧地撒着泥土，像撒掉万千难言的情愫。

掌灯时分，太平堆好了狗坟。他跪在坟边一动不动，嘴里嘀咕着什么，将放工回家找到菜园边的春燕吓得不轻。春燕看着坟堆，看着失神的太平，惊恐地叫道："小弟，你这是干什么，我叫你筑地，你好好堆这东西干什么？"太平见到姐姐，尖锐地哭叫起来："花狗被人打死了，肠子拖出一截子，太惨了啊！"

仇春燕以为听岔了，问："你说什么？"随即骂道："哪个畜生这么恶毒，怎么下得了手的。"

太平张着嘴干号，春燕鼻子也酸了。姐弟俩呆对了好久，太平才止住哭声，抽抽搭搭地说，姐夫送我的裤子被我包扎狗肚子，一起埋了。

春燕张了张嘴，半晌道："埋就埋了吧，你马上进城念书，也顾不了花狗了。"

太平重重地叹口气，说："想顾也顾不了了。"泪又下来了。

春燕轻抚一下弟弟，弯腰捡起"筑钩"，说："回家吧。"

太平不再吭声，跟着姐姐走出了菜地。

那年暑期，因国家形势风云变幻，正式开学迟了十多天。太平，这个到城里读书的农村娃，就每天骑着黄德贵送给他的那辆永久牌自行车，往返在汰黄堆的石子道上，以此为界点，从这之后踏上了相对独立的漫漫人生道。

四

　　沙河中学依傍在县城的沙河畔，是所百年老校，清末兴办新学以来，培养了大批人才，一些有成就的学子在国内乃至海外都有名气，所以尽管"文革"中教学也随全国大环境折腾过几次，但学校教与学的不散魂魄依然持续发展。仇鹏燕到校没几日，隐然感到有种压抑的空气笼罩着他，倒不是学业上有什么阻隔，而是来自无形的、莫名其妙的城里学生对乡下学生的歧视。仇鹏燕不解，我没有得罪他们呀，瞧他们高高在上的样子，好像一个个多么了不得似的。

　　一次他进教室，不小心踩到一个女生，按说他已赔了不是，可那个叫梁艳的女生依然不依不饶、喋喋不休地骂他是土包子、没见过世面的乡下仔、学习再好也是回乡下种田的料。别的学生也跟着嗷嗷起哄，搞得他极狼狈，几次捏起拳头想砸她，但他最终还是回到了座位。一来他不想与这个没教养的城里女孩计较，二来他害怕惹出更大的麻烦。

　　那个年代城里人的感觉真好，城里学生伢学这学那，就是不好好学习，而仇鹏燕所在的乡下学校虽也有过波动，但他们仅是停留在嘴上，没有哪个学生胆敢真跟老师胡来的，传统的师道还是令他们有些敬畏老师的。再则，城乡差别有道难以逾越的天堑，城里伢初中毕业或高中毕业，只要不下放到农村接受贫下中农再教育，总能分配到工作的；而农村伢高中毕业，除了当兵或个别命好的顶职当工人，就是回家了。至于上大学的可能性极小，那需要有相当的关系推荐，才能入工农兵大学堂的，而大学是什么样的天堂呢？仇鹏燕一无所知。不过，那时的仇鹏燕已暗下决心，将来一定要做城里人。

仇鹏燕早出晚归，更加努力地融进新的学习环境，两年高中生活不经意间就要滑过去了。特别鼓舞仇鹏燕的是国家恢复了高考制度，这就意味着仇鹏燕可以凭借实力冲刺大学门槛。也几乎是一夜间，教师们狠抓教学了，学生们开始拼命地学习了。然而教学多年的荒废，导致大家底子普遍薄，这样命运女神只能垂顾那些一直与书本为伍的人。

仇鹏燕忙于学习，闲暇之余，适处青春期的他，也渐渐地了解着姐姐的情感世界。他看出姐姐自离婚后，心灵倍加煎熬，失却了往日的一路歌声一路笑，人在瞬间老了许多。他放学归来，时常看到姐姐呆呆地站在苦楝树下望着黄河大队或县城方向。仇鹏燕心里痛痛的，知道姐姐在牵挂、思念着这个世界上两个最亲的人。

这年中秋节的黄昏，因班级小考放学早，入村后，仇鹏燕看到低着头的姐姐拿着什么东西匆匆越过汰黄堆，直奔楝枣树下的土神庙。仇鹏燕奇怪，姐姐往小庙跑干吗？他猛踩几下脚踏，冲到小庙山头支好车子，轻轻探身到庙门外，只见姐姐将盛着月饼、苹果的两只碟子及两双筷子放在没有神像的土台上，划火柴点着了一炷香，双手合十，口中念念有词地请神灵保佑小太平出人头地、保佑黄德贵幸福安康。仇鹏燕心一沉，"文革"虽已结束，但反对搞封建迷信活动的大有人在，如果被村里人看到多不好。我的傻姐姐，你这是何苦呢？仇鹏燕的鼻子酸得受不了，轻轻地叹口气，没敢惊动姐姐，悄悄地回了家。

仇鹏燕以为姐姐一会儿就回来的，可左等不来，右等不回，奇怪起来：姐姐搞什么名堂啊？于是重返小庙，香已燃尽，碟子、筷子尚在，没了姐姐踪影。仇鹏燕迟疑片刻，悟到了什么，匆匆赶往村小。可不是，在乳白色月光下，姐姐正站在黄德贵曾住过的那间房前，静静地望着泡桐树下模糊不清的木门。仇鹏燕不高兴了，紧走几步过去，说："大姐，离婚的是你，放不下的也是你，你要实在想他就去看看他吧。"仇春燕的脸在月光下变得红白相间，突然火了，说："你懂什么！"仇鹏燕说："我什么都不懂，但我替你难受。"仇春燕说："过节了，等你老没回来，我瞎转转的。"仇鹏燕不吭声了。仇春燕也不吭声了。

姐弟俩默默地往家走。仇鹏燕心说姐姐怎么变了，跟我也不说贴心贴肺的话了？这么想着泪就下来了。仇春燕感觉到了什么，轻声说："小弟，你说话好不知轻重，你姐夫已跟别人结婚了，我去看他干什么？再说有什么好看的。"仇鹏燕不吭声，他想起小时候在大姐面前撒欢的岁月，又想到大姐的心，现在比苦楝树的枣和根还苦，只是她不说，而自己却还说伤她心的话，泪流得更汹了。仇鹏燕想：大姐应该重新找一个姐夫，守着过去的残梦没意义了。可他想到原姐夫的种种好处，没敢开口。

就这样，仇鹏燕和姐姐过了一个以泪相和的中秋节。多年后仇鹏燕一旦想起来，心便隐隐地痛。

1978 年暑夏，是仇鹏燕收获的季节，他以优良成绩考上了南京师范学院。

那天早上，白书记用广播喇叭通知仇鹏燕到大队部拿录取通知书，还声情并茂地说汰黄堆公社的八个远郊大队仅仇家小太平一人考上大学。仇鹏燕正跟姐姐走在下田的路上，姐弟闻讯后，一路飞奔到大队部，仇春燕抢先一步从白书记手中接过通知书，泪下来了。仇鹏燕搂着姐姐也流泪了，连声说："难为大姐了，我一定要好好报答大姐。"村里来看热闹的人不少，白书记高兴地说："小太平，你家祖坟冒了青烟，日后你小子发迹了，可别忘了父老乡亲。"

仇鹏燕和姐姐千恩万谢辞别了白书记和大伙。仇春燕让仇鹏燕骑车到汰黄堆集市买一刀火纸，带着仇鹏燕哭跪在仇友德、卜玉英的坟头，边烧纸边说："翁大、姆妈唉——小太平有出息了，要做公家人了，我死也安心了。"仇春燕似乎把憋在心里多年的苦屈都哭了出来，黄河水、黄河滩，也为之黯然失色了好久。仇鹏燕则显得麻木，也难怪，他对父母没有丝毫印象，他多年来眼里只有大姐，所以此时的他只能紧紧地攥着大姐的手无声地流泪。

那个年代，城乡学子无论谁考上大学，都不是他一个人、一个家庭的喜事，那是一个村、一条街，甚至是全县人民的大喜事。这话丝毫没有夸张之嫌，远的不说，就说下放在汰黄堆公社率先一步进城安置在县拖拉机制造厂的一对小夫妻，双双考上清华大学，经县广播电台一宣传，那真是举县欢腾。故而考上大学的仇鹏燕轰动汰黄堆大队、汰黄堆公社，是很正常的事。

激动中的仇鹏燕打算当天下午前往黄河大队，将这喜讯告诉黄德贵，想不到他与姐姐离开坟茔，在汰黄堆与下田的姐姐分手后，就与黄德贵遇上了。黄德贵站在土神庙前，正满脸含笑盯他看。仇鹏燕窘着脸愣片刻，冲上去抱住了黄德贵，连声说："姐夫，我考上了，我考上了，南京师范学院。"黄德贵眼睛湿润了，说："我知道我知道，我昨天就从文教办得到消息的，大哥为你高兴，你没有辜负大哥的期望。"仇鹏燕眼睛也湿润了，说："姐夫，没有你，哪有我的成绩。"黄德贵道："别说这话，你自小就聪明，我看出你是块读书的料，太平，别喊我姐夫，叫大哥。"仇鹏燕才恍然有悟，点头道："大哥，我去集上买点菜，中午好好敬大哥两杯。"黄德贵摇摇头说："家就不去了，你大姐一切都好吧。"仇鹏燕道："到门口，哪能不家去，大姐还行，就是心事重，刚才和我上过坟，又下田了。"黄德贵说："好就行。"说罢，掏出一叠十元的票子递给仇鹏燕，说："大哥没有余钱，只凑了一百块，上午刚从银行取的。"仇鹏燕双手阻拦，说："大哥，我不要，差不多是你半年工资呢。"黄德贵道："别说傻话，这是我每月专门为你存的，我知道你一定能考上大学，大哥没有别的办法支持你了，只能拿出这个心意。"仇鹏燕说："大哥，上学都是公家包了，我用不着钱的，你日子也不易。"黄德贵道："在大城市读书哪能没个用钱处，带上没坏处。"

俩人僵持了一会，黄德贵急了，说："太平，你真长大了，大哥的话、老师的话你不听，我永远也不认你这个学生了。"说罢，猛地将钱塞进仇鹏燕的衣袋，快步推起苦楝下的自行车就走。

仇鹏燕忍了好久的眼泪终于汹涌地下来了，他急拉住自行车后架，喊了声"姐夫。"黄德贵叹了口气，说："松手，代我问你大姐好。"

仇鹏燕松了手，望着渐渐远去的黄德贵，呆立了好久好久。

仇春燕收工到家，听了弟弟讲述事情的原委，望着汰黄堆轻声道："你姐夫的心意就收下吧，你有出息了别忘了他。"

五

1982年金秋，仇鹏燕大学毕业，回到了沙河。他原以为分配在县城哪所中学教书，从此成为城里人。他没料想被发配到了离县城四十多千米的双河中学，隔条河就是三河县了。这样，仇鹏燕在失落、消沉、自卑中，渐渐变得自以为是，按他本人说法叫"自尊"起来。

仇鹏燕在大学的几年生活是较为平静的，既不与同学交往过密，也不生疏，就像飘落在潭中的秋叶，在小波小浪中学习、生活，直至毕业。但在中学阶段，他是在自卑与自尊的交错中成长的，自卑时他不与城里的任何同学搭腔，自尊时又目空中一切，从心底瞧不起那些一肚子草包。分到双河，他觉得做城里人的梦被击破，但他又不甘心于此的，他莫名其妙的自尊，让他忘记了自己是谁。

来到新环境，他从不轻易跟人讲话，倘若有人问他是哪里人，他就打哈哈，将自己搞得高深莫测，好像他是来自哪一个大都市的。更令师生们反感的是，他开口闭口就对学生说："你们这些乡下人，不好好念书就永远当老农二。"其实他的档案资料韩校长一清二楚，韩校长见他这样子，摇头默叹：浅薄，太浅薄了。

师生们反感归反感，对仇鹏燕的教学水平还是很服气的。他教高二毕业班（第二年才改高中三年制）语文，他那一套死记硬背又循循善诱的教学方法确实让全班同学的语文成绩大跨步前进，特别是当年在全县高中部会考时，单科分数不弱于沙河县中。再则，他有良好的文字功底，平时撰写的一些小诗小文常在市报露露面。（1983 年春黄淮地区改为市，次年撤掉人民公社建立乡镇村级体制。）

仇鹏燕迥异于其他老师的为人，吸引了高一年级英语老师郑娜的注意。郑娜是省城下放到黄淮农村的最后一批小知青，比仇鹏燕大三岁。在教师之家出生的她，在全国恢复高考时，以扎实的功底，考上了苏北某师范学院中文系。毕业后分配到双河中学实习，因该校奇缺英语老师，虽非英语专业的她，实习结束就留在了这所农村中学教英语了。平时眼眶朝天的她，谁也不放眼里，然而仇鹏燕渊博的学识、高高大大的身材，让相貌不俗的郑娜心动了，她主动搭讪仇鹏燕。问："仇老师哪人？"仇鹏燕见是美女问他，心里美滋滋的，脸上却什么表情也没有，随口道："沙河的。"郑娜略显惊讶，说："我下放就在沙河郊区，看你这身架就是县城的，你父母干什么工作？"仇鹏燕说："死了二十多年了，我是姐姐带大的。"郑娜道："孤儿呀，够可怜的，你姐姐还好吧。"仇鹏燕不置可否地点点头，不过他眼前闪现出大姐瘦弱的身影，胸口一疼。

那天仇鹏燕颇感无聊，走出校园，沿着镇边的小河漫步。河水清澈宜人，柳条儿绿中泛青，像摇曳着一树的诗，与仇鹏燕的心境形成极大的反差。他途经小石拱桥时，郑娜从桥对面的砂石路走来。仇鹏燕一愣，郑娜也一愣。郑娜先开了腔："仇老师好兴致啊，散步？"仇鹏燕道："兴致不好，散步倒是真的，你也散步？"郑娜说："无聊，随便走走。"仇鹏燕笑了，说："身无彩凤双飞翼，心有灵犀一点通啊，咱俩这么情趣相投，连无聊都结成了对。"郑娜也笑了，说："仇老师挺逗的嘛，学会调情了，老师们说你不近人情、不解风情，纯是污蔑嘛。"仇鹏燕打着哈哈，说："整个学校，也就见到你心情会变好。"郑娜道："这么说你动了凡心看中我了，那就向我求爱吧。"俩人都大声地笑了起来。仇鹏燕说：
"我哪敢向你这个大都市来的姑娘求爱，你若飞走了，岂不让我空欢喜，
不但伤心，连肺也伤了。"俩人并肩同行，嘻嘻哈哈地说笑一阵，仇鹏燕
感到心情顺畅了不少。

在返途中，郑娜脸色严肃地说："仇老师，上次我听你说，你是与姐
姐相依为命长大的，我感觉你姐姐是一个伟大的女性，有机会一定拜识
一下你的姐姐。"仇鹏燕脸色也严峻起来，说："我大姐这一辈子不容易，
可我身在乡下，无法报答她。"他没有回答让郑娜见姐姐，也许他的自卑
又占了上风，他不想让外人知道自己是一个名副其实的乡下人。

郑娜的心柔柔的，说："我们不会一辈子待在乡下的，就冲你有报答
姐姐的心，也不会永远屈居农村，一旦有机会，你就会一飞冲天，飞向
自由的蓝天。"她的口气显得暧昧，仇鹏燕的心也柔软起来。这样走着说
着，进了校园，竟然没有忌讳地分开行走。

一些老师看出端倪，说这两个臭味相投的黏上了。

然而两年时间过去，他俩并没有发生什么，只是走得近、谈得来而
已，好像谁也不想走进对方的心灵世界。原因是什么呢？大伙瞎揣测，
但都说不清，不过基本一致的看法是，郑娜迟早得谋回省城，不会一辈
子扎根在苏北的；仇鹏燕呢，即使求过婚也被拒绝了，所以俩人往来再
密切，甚至达到同床共枕的程度，也跟感情婚姻没关系。

新的一个学年开始了，秋老虎还会冷不防地咬一下沙河大地。那天
教职工会议上，韩校长传达县文教局工作会议精神，说："近日文教局召
开一个课题教学研讨会，经校领导班子研究，决定派仇鹏燕、郑娜两位
老师参加，各位老师有没有异议？"老师们能有什么异议呢，一来是校
领导研究的，他们可不想既得罪了校领导，又得罪那两个怪物；二来除
几个老教师是 50 年代和 60 年代初毕业的大学生，其他老师不是民办，

就是代课的，谁还跟这两个教学水平确实不错，又是年轻的大学毕业生争高低；三来也没有老师有那个激情去参加什么研讨会，说不屑也行，说不懂也行，反正就那么回事。所以韩校长的话音刚落，教师们一致同意仇老师、郑老师去参加研讨会。

仇鹏燕、郑娜到文教局报到那天，仇鹏燕感慨良久，说他刚分配时，来过这座办公楼，今天算第二次。郑娜嘲讽道："难道你想天天来这殿堂？"仇鹏燕未置可否地笑笑。

俩人走进会议室，仇鹏燕看到梁艳在分发材料，不由一愣：她怎么在这里？他很不想见这个女人的，于是扭过脸去。梁艳倒不觉得意外，上前一拍仇鹏燕的肩膀道："老同学，露面啦！早知道你在双河，就是无缘拜识。"瞧她没心没肺的样子，难道她把侮辱过仇鹏燕的事撂脑后窝了？可仇鹏燕一直将耻辱钉在心里的，他心态的裂变跟当年那事不能说没有关系。仇鹏燕嘀咕，莫非城里人就这鸟样？他心里翻海涛归翻海涛，表面上却不能不理她了，否则也太小肚鸡肠了。他装着才看到她似的说："哎呀，是老同学，瞧我识字不多眼睛倒近视得认不得人了，望你多多海涵。"梁艳撇撇嘴道："还知识分子呐，讽刺人也该分个场合啊。"仇鹏燕脸红了，他也想不到一溜嘴说的是带刺的话，忙辩白："我没那意思。"随即话锋一转："想不到在这儿碰到你，你在局里高就？"梁艳一甩长发道："高什么就啊，我在这儿专门为领导和你们这些大知识分子服务的。"仇鹏燕一时语塞。梁艳说："你忙吧，会后聊。"梁艳刚走，郑娜挤下眼睛，附在他耳边道："小心她勾魂的眼睛杀了你。"仇鹏燕瞥她一眼说："别瞎说。"

当晚，梁艳将仇鹏燕约到月湖边上的江南饭店。仇鹏燕本不肯去的，去也打算喊上郑娜。但梁艳说，仅是两老同学叙旧，还有就是透露个重要消息给他，别人在场不宜。仇鹏燕抱着好奇心硬着头皮赴约了。俩人在单间不分宾主坐好，服务员上来茶水，梁艳点了菜，问仇鹏燕喝红的白的。仇鹏燕推说自己从不喝酒。梁艳说："那就来瓶红的。"仇鹏燕未置可否，服务员拿来葡萄酒。三杯下肚，梁艳天南海北地扯一通，说："我们班五十四人，八人考上大学，你们做了天之骄子了，我们没好好读书就惨了。"

一直寡言的仇鹏燕从梁艳叙述中得知，她高中毕业仗着舅舅在县委组织部当科长的关系，弄到文教局做打字员兼搞内勤。仇鹏燕不禁叹口气道："还是城里人好，我们除了考大学哪有什么出路？"梁艳说："所以呀，从来纨绔少伟男，只是你在双河屈了，你一分到双河我就知道的，你发表的不少文章我都拜读过，你将来一定有出息的。"仇鹏燕一杯红酒下肚脸就像酒一样红了，说："你别涮我了。"梁艳说："你这人真是的，我说的是真心话。"仇鹏燕心里搅开了，在校时被你骂得连臭狗屎都不如，现在又……

梁艳眼珠一转问："仇鹏燕，什么时候吃你和那个女老师的喜糖啊？"仇鹏燕大窘，说："你能不能少损我几句，我一个乡巴佬人家哪能看上我。"梁艳说："我看你们俩人蛮有意思的嘛。"仇鹏燕说："平时谈得来，仅此而已。郑老师是大城市人，迟早得回去，哪能在乡下待一辈子，我这辈子只能老死河畔喽。"梁艳愣了半晌，端杯说："喝酒喝酒，我敬你两杯。"仇鹏燕问："你成家了吧？那口子是干什么的？"梁艳"嘻"地笑了，说："还没到人家做媳妇呢，不过处了个对象，替杨县长开车。"仇鹏燕说："你真有福气。"梁艳道："一个车夫福什么气。"仇鹏燕说："那不同噢，那是二县长也。"梁艳笑得有点勉强，说："你损人真不打草稿啊。"仇鹏燕："我讲的是实话。"梁艳说："别提那壶了，给你透露个消息，不知你有没有兴趣？"仇鹏燕不吱声，两眼盯着满脸泛桃花的梁艳，这才发觉喝了酒的梁艳很美丽，而之前好像从未正视过她。

梁艳被盯得不好意思，垂下眼帘道："以后发迹了别忘了人家就行了。"仇鹏燕不知她葫芦里卖的什么药，盯着她静听下文。梁艳说："事成了，怎么谢我？"仇鹏燕一言不发，心说你有话就说、有屁快放呀，尽说些不着边际的话，该不是酒精烧的吧，可这不是白酒啊，连我这不喝酒的人都没觉得有多大酒意呢。梁艳抬起眼睛，也盯着仇鹏燕说："从你考上大学那会儿我就佩服你的，这几年我对你更敬重了，所以才对你说，要不是你凑巧来开会，我正打算去一趟双河。"仇鹏燕心里那个急呀却又不好催，不由默念道：敬重我？谁知道你说的是真话还是假话。梁艳仰脖自饮了一杯，说："前天局党组开会，我在门外听到，王秘书近期到市委党校脱产学习一年，他是局里一支笔，一走材料就没人写了，李局长说准备从学校借调一个能写会画的老师来，我一下子就想到了你。"

仇鹏燕的心一动，但他不露声色地说："是个机会，可我和李局长八竿子打不着关系，让我烧香都不知庙门在哪，我哪有这个命。"梁艳说："只要你愿意，我帮你活动。"仇鹏燕发了呆，问："为什么要帮我？"梁艳说："就凭咱俩是同学呀，你有才不发挥太可惜了。"仇鹏燕突然将茶杯里的水倒掉，各倒半茶杯红酒道："梁艳，大恩不言谢，我敬你，干了这杯。"

六

　　农历八月十四，仇鹏燕接到借调到县文教局的通知。韩校长看着仇鹏燕呈给他的借调函，吃惊地瞪圆了两只眼睛，说看不出你小子有两把刷子，跟李局长攀上了。仇鹏燕道："校长笑话我，归根溯源得感谢校长，如果你不给我交流的机会，我哪能接触上层得到他们的赏识？当然，如果县局不缺人手，我又哪能捡到这么个机会？所以您才是我命中的大贵人。"校长打了哈哈，说："你小子真会说话，得了便宜又卖乖，是个在机关混的料，同意你这个骨干走我没意见，但得罚你请客。"仇鹏燕道："这是必须的，你不罚，我也要请校领导喝一顿。"

　　仇鹏燕感到从未有过地舒心，韩校长也感到很愉快，至于俩人各自怎么想的，那绝对没尿在一壶里。校长意思这家伙教学虽不错，但不合群，是个怪物，师生们对他的意见可不小，送这样一个货走，也不是什么割肉挖心的事，离了张屠夫，大家也不会吃带毛肉的，说不定还有利于校园的安定团结。仇鹏燕的心愿是，天赐良机，终于离开这鬼地方了，到局里混得好，准能将自己搞进城。

　　跟校长定好中秋节次日请客，仇鹏燕出了校长室，就遇着郑娜。他热切地迎上去打招呼。郑娜两眼定定地看着仇鹏燕，满脸充溢着内容，不无酸溜地说："祝你遇上贵人了，有机会请你女同学也关心关心我。"

仇鹏燕脸红了，说："你也涮我。"郑娜勉强笑笑道："逗你玩的，常给我打电话。"仇鹏燕道："别跟生离死别似的，十六我请客，你务必赏光，镇上'香满楼'。"郑娜说："我也不是领导，凭什么赏光给你。"仇鹏燕道："请你作陪啊。"郑娜说："凭什么我作陪，我算什么身份。"仇鹏燕不无玩笑地说："你不想做同事，就以情侣身份参加得了。"郑娜笑了，挥手拍了仇鹏燕肩膀道："去你的情侣，小心姓梁的女人撕烂你的嘴。"仇鹏燕说："女人真都是小心眼，我跟梁艳仅是同学，说给你别不信，还是多年前的仇人呐。"郑娜道："这么说现在成情人了？"仇鹏燕说："去你的情人，我还有事，说好了，十六晚上，不见不散。"郑娜点点头，没吭声。

果真是人逢喜事精神爽，这几年极少回过家的仇鹏燕，决定回家和大姐一起过中秋节。次日早饭后，仇鹏燕乘农用班车进城，这辆老爷车在乡村石子路上摇摇晃晃抛了几次锚，直至近午才到县城。仇鹏燕起先还急得要命，甚至恶骂了这辆破车。后来不急了，心想只要晚上赶到家陪大姐吃团圆饭就行了。

仇鹏燕下车，想找公用电话打给梁艳，没其他目的，只想请她吃顿中饭。转念又觉不妥，今儿是团圆节，不能和外人吃饭的，很容易让人家误会。

仇鹏燕在车站一家低矮的小饭店吃了饭，下午两点半左右，载着仇鹏燕的人力三轮车冲下汰黄堆，一直奔到他家草庐前的乡场上。仇鹏燕看到拎着包袱的姐姐正锁门，扬着嗓子喊道："大姐！"仇春燕一愣，揉揉眼睛，扔下包袱，羚羊一样小跑过来，花发像斑马鬃飘在风中。仇鹏燕愣住了，心如被撕扯一般地疼，姐姐的头发何时白了这么多，差不多占一半了。仇春燕伸手夺过弟弟的包，连声说："小弟回来啦！整个人高兴得几乎不知所措了。"

打发走三轮车夫，仇鹏燕跟大姐进屋，仇春燕连声说："看多巧，我刚要请白家的人送我上车站。"仇鹏燕吃惊地问："大姐要去我那儿？"仇春燕点点头说："可不是，你怎么长时间不回家，回来过节也不写信告诉我，好给你多准备些好吃的。"仇鹏燕笑了，说："大姐，你还把我当三岁啊，我是临时决定回来的。"仇春燕忙说："回来就好，我以为你忘了大姐呢。"仇鹏燕一时语塞，自己为什么一直不回家？难道骨子里怕回家？可家乃至汰黄堆村没人对不起我呀！莫非自己在逃避什么？

仇春燕要张罗饭，被仇鹏燕阻止了。仇鹏燕喝着姐姐捧给他的开水，与姐姐拉家常。仇鹏燕得知，村里自分责任田后，几年来变化不小，一些人家盖瓦房了，白书记退下来了，邻村一个姓汪的村干部调到汰黄堆当书记，陈村长到乡办厂了，华会计病死了，沙队长（村民小组长）做专业户了，村里好多人家日子比以前好过多了。

仇鹏燕边听边感慨。仇春燕扯回话头道："我是为你亲事去双河的。"仇鹏燕皱一下眉，今年大姐几次去信，叫他遇上合适的谈个对象，催他早点成家。仇春燕说："白书记（老称呼）昨天找我，说他有个表侄女在棉纺织厂，城里人，家境好，厂子也不错，你抽空看看，保不准能成呢。我琢磨着翻盖三间瓦房，你想法子调到汰黄堆中学，我也好照顾你们。"仇鹏燕说："大姐，你想照顾我一辈子呀，我的事你就别费心了，我会处理的。"仇春燕阴下了脸。仇鹏燕说："大姐，你别急呀，国庆节后我就借调到城里了，以后争取在城里安家，将你接城里洋气洋气。"仇春燕高兴地跳了起来："说真的？你没骗大姐？"仇鹏燕笑了，说："大姐，你当我是小孩子逗你玩啊！"仇春燕洋溢着幸福的笑，说："你在大姐眼里永远是个伢子。"仇鹏燕感到眼眶热热的。

因春燕一人生活，过节家里除了烙点糖饼，菜园里割些蔬菜，没有什么好吃食。姐弟俩拉了一阵闲话，春燕说："过会儿我杀只公鸡，再去集上买点鱼、肉。"仇鹏燕道:"大姐,你杀只鸡子,我去买菜,你想吃什么,我多买些。"春燕说:"挑你喜欢吃的买,我有什么吃什么。"仇鹏燕乐了,他在大姐的眼中真是长不大啊。

仇鹏燕推出那辆旧自行车,座垫上虽有一层浮灰,但车胎气饱满,轴、链条都有润滑油。仇鹏燕端详着自行车,春燕搭话了:"知道你一来家就要用脚踏车,车子没气时我就推到修车摊打打气上上油。"仇鹏燕胸口热热的,我这个大姐啊,唉,他羞愧有加,自己在外,咋就没想着大姐呢。

仇鹏燕买了鳊鱼、猪肝、猪肉等,外加一瓶红酒,到家时,姐姐已杀好了公鸡。天色尚早,仇鹏燕说到村里转转,离家几年,家乡虽无大的变化,却也陌生了许多。他穿越过黄河滩,来到丛林间,枝叶尚在浓绿中,窜飞的鸟儿将树林搞出不小的动静。这片树林是仇鹏燕读大学那年村人栽植的,有白杨,有泡桐,基本成材了,可见流逝的岁月太匆匆。

走下河堆,面对汹涌的黄河,仇鹏燕显得很平静,也许这跟他已是成年,与童年的观感不同,能很理智面对黄河有关。

拐进芦苇丛时,仇鹏燕看到王三毛子垂钓在岸边。他轻轻上前招呼:"王三,好雅性啊。"王三毛子扭过头,惊讶地说:"太平,多会儿回来的,瞧你鬼脚似的没声息,人吓人能吓死人的。"仇鹏燕道:"还不是怕惊动你的鱼。"王三毛子说:"你小子不仗义,忘本了,这些年不回家,太对不起仇大姐了,她常到棟枣树下向南边看。"仇鹏燕心里添了堵,半晌道:"还不是穷忙。"王三毛子说:"鬼话,哪个学校没有寒暑假,不定你小子在外面鬼混什么呢。"仇鹏燕一时语塞。俩人又扯了一通闲,仇鹏燕讪讪地告辞了。

仇鹏燕走近土神庙时,已黄昏了,凉月升上来,很圆也很亮,汰黄堆上下的农田、村舍、灌木、杂树林上飘着一层牛乳似的香雾,将乡野变得缥缈，亦真亦幻。

仇春燕已做好了菜，四荤四素，用大海碗盛着，摆放在堂屋的八仙桌上。凭这分量，仇鹏燕离开后春燕三天也吃不完。这哪是菜，完全是一颗挚爱弟弟的心。门前的小桌上摆四只小碗，盛了两荤两素，一只盘子里搁着两块糖饼，也就是农家月饼，一只盘里盛着苹果。一只大碗里盛着水，一只酒杯里盛着红酒。桌上还有筷子、鞭炮。月色透过洋槐树枝干照在小桌上，满桌的内容显得很生动。更生动的是站在树下满眼深情地望着月亮的仇春燕，她的思绪一定是飞上了孤冷的月宫，编织着对人间无法倾诉说的故事。

仇鹏燕走来，喊声大姐，问道："想什么呢？"仇春燕收回目光，笑笑说："凉月真美，我在敬月，你炸过鞭就吃饭。"

仇鹏燕也抬头看一眼月亮，说："是美，我在外头从没有敬过月。"仇春燕道："这是风俗，不可废了，现在很多老礼数都没人讲了，这不好。"仇鹏燕附和道："是不好，现在好多人都忘了本。"说罢，仇鹏燕拿起鞭炮，仇春燕递上一根小竹竿、一盒火柴，仇鹏燕将鞭炮的绳索套上竿头，将火药的引线搓搓紧，划火柴点响了鞭炮。这一套程序，仇鹏燕少年时逢年、过中秋都是这么做的。

仇氏姐弟跟小村所有人家一样，在敬月的鞭炮声中过了一个幸福、祥和的中秋佳节。

第二天早晨，仇鹏燕回双河，仇春燕从鸡窝里逮了两只老母鸡，叫弟弟无论如何送给梁姑娘。仇鹏燕没肯拿，说我到县城就上双河了，把鸡子拿人家办公室像什么话，人情我以后会还的。仇春燕只好放下了母鸡。仇鹏燕临走时掏出一百块钱给姐姐。仇春燕没肯要，说："你进城用钱的地方多着呢，我不缺钱，你每月寄给我的都替你收着呢，留你以后娶媳妇用。"仇鹏燕不满地说："给你就用，本来就不多，还省什么。"仇春燕道："家里吃的用的都不缺，用不着钱。"仇鹏燕默叹一声，跟姐姐挥挥手，向汰黄堆走去。

当晚摆在双河"香满楼"的酒席，名义上是仇鹏燕请的，但钱是学校出的，参加人员，除郑娜是普通老师，其他皆为校大小领导，校办统一安排的。人员一聚齐，韩校长就说："感谢仇老师盛情邀请大家聚餐，不过，今晚的活动属双赢形式，客为仇老师高升而请的大家，账由学校结，也算是为仇老师送行。"仇鹏燕慌忙站起身道："这哪行，说好我请客，账当然由我结。"老师们相互笑起来。郑娜扯仇鹏燕坐下，说："一点政治都不懂，还上机关混。"仇鹏燕眨巴着眼睛问："一顿饭吃出政治了？"郑娜用肯定的语气说："政治。"

韩校长见状，害怕郑娜再说不知深浅的话，岔开话头道："郑老师，你是仇老师请的陪客，一定要把领导们的酒敬好。"

郑娜不无玩笑地说："一定完成校长交办的任务。"

开席，大家都知道仇鹏燕不喝酒，也就不硬派他。郑娜发挥超常，喝过量了。

席散，众人离去。

仇鹏燕送郑娜回校，途经石拱桥时，把持不住的郑娜，伏在仇鹏燕肩膀上哭了。这个平时眼眶朝天的女人，忽然变成了小女人，吓得仇鹏燕不知所措。

其实郑娜再强，毕竟是客居在偏远乡镇的姑娘，她的心绪是五彩缤纷的，她的心思是柔软的，她的精神也不可能是空洞的。她的这次失态，仇鹏燕多年后才明白怎么回事。

七

　　天亮，仇鹏燕收拾好包袱，弃掉日常用具及被服行囊。节前梁艳叫他别提锣拐鼓的，日用品由局里安排。仇鹏燕没有跟任何人辞行，只在郑娜的宿舍外犹豫了片刻。昨晚，他和郑娜在小桥上接了吻（仇鹏燕作为男人献出了初吻），说了许多莫名其妙的温柔话，才将郑娜哄得平静下来。郑娜意识到自己失态后，很不好意思，仇鹏燕送她到宿舍门口，她低声说了句："别笑话我。"便悄然进屋，反锁了门。仇鹏燕站在门外回味了一刻钟，才走向自己的宿舍。

　　仇鹏燕乘上班车，三摇两晃抵达县城，紧走慢赶来到文教局，已过了十点。他在百米外的路牙上，就看到梁艳站在三楼走廊上伸着天鹅似的脖子，往湖滨公园的道上探呢。梁艳从楼道口飞旋下来，仇鹏燕莫名激动，快步地迎上去。梁艳要提仇鹏燕的帆布包，说："到站没雇个车啊。"仇鹏燕没让她拎，说："泡货，不重，路也不远。"梁艳将仇鹏燕带上三楼一间办公房，推开门，说："你就住这儿。"仇鹏燕一瞧，呵，单人床、被子、脸盆、毛巾、水瓶都是新的，比双河的宿舍整洁多了。仇鹏燕感到心里热乎乎的，他不知道除床是单位的，这些东西都是梁艳替他置的，还真以为是文教局配备的呢。梁艳指着写字台说："钥匙在抽屉里，吃饭自己解决，你简单收拾下，跟我去见李局长。"

仇鹏燕说："没什么收拾的。"放好包袱，就跟梁艳下了二楼。梁艳敲局长室门，里面传出沙哑声："进！"梁艳推开门，仇鹏燕紧随梁艳进屋。好家伙，李局长嘴里叼着两支粘接一体的香烟，像小指挥棒似的抖动着冒烟。仇鹏燕说："李局长好，我来报到了。"李局长身子没动，灰暗的黄脸皮毫无表情，仅将细篾子般的小眼睛放出一丝光，说："小梁，你找办公室安排一下吧。"仇鹏燕脸上没有波动，心里却翻了海潮，李局长什么意思呀，太瞧不起人了吧。

梁艳领着仇鹏燕越过三个副局长的办公室，到最西头一间大办公室，说："局办四人全在这里办公，最前面的桌子是你的。"办公室没人，仇鹏燕看了看杂乱的桌面，心说不如在三楼工作呢。梁艳冒了句："李局长挺好的。"仇鹏燕未置可否地点点头，说："我没说局长不好啊！"梁艳笑了，笑得很生动也很有内容。

仇鹏燕入职第二天，就受命为李局长写一份市教育系统召开的工作交流会材料。办公室没人给他提供任何资料，这显然是难度不小的一板斧，局机关上上下下多少双眼睛都盯着你这把新斧头怎么使呢。仇鹏燕不是没打怵，好在梁艳给他拿来一些材料作参考。初稿仓促拿出后，办公室王主任边看边服气，心里说这小子有两把刷子嘛。看完，王主任没说什么，仅改了两个小标题。仇鹏燕将材料递给李局长，李局长匆匆扫一遍材料，放桌上，小眼睛盯着仇鹏燕眨巴几下，说："我再看看。"仇鹏燕心里没底，跑到三楼问梁艳："李局长什么意思啊，稿子行不行也不表个态。"梁艳捏粉拳轻捣一下他的腰说："傻瓜，没退给你重写就表示通过了。"仇鹏燕高兴了，紧握一下梁艳的手道："谢谢你！"梁艳抖开手，嗲着声说："你把人家弄疼了。"

这项工作很适合仇鹏燕，他摸准了李局长的心路，写的材料很投局长胃口，连他本人都认为自己是块干秘书的料。一次，李局长对打开水的梁艳说："小梁挺有眼光的，杨县长来条子，我还以为介绍的是绣花枕头。"梁艳给李局长倒上一杯水，说："李局长笑话我了，还不是局长大人自己相中了。"李局长笑了，说："你这鬼丫头，我以为会写几句诗歌散文的，不一定会写机关公文，当然，小仇的交流经验文章还是有水平的，杨县长不下指示，我们也想用他。"

说到杨县长下指示，这点还真得亏梁艳和小马给了力。事后梁艳也奇怪自己的举动，她为什么要帮仇鹏燕？难道仅仅是同学关系？说到同学，回顾少女时代，确如仇鹏燕所言，她是瞧不起乡下孩子的，这偏见源自她乡下的穷表亲。

梁艳十岁那年的一天，几乎从未上过门的远房表婶，带着两个小表弟来她家走亲戚，好像求她爸爸办什么事的。那一对小子啊，双手脏兮兮地就捧碗吃饭，这还不算，两小子不知为什么事骂起架来，荤的素的能装一火车，气得那个叫表婶的乡下女人，甩了两小子五六个耳光，才止住了骂声。小梁艳认定：乡下孩子是小流氓。对待他们，城市丫头能有什么好态度呢？故而少年仇鹏燕，在她心中也就不是好东西。其他城里学生怎么想的，她不知道，但她明白，城里孩子和乡下孩子尿不到一壶，无形的分水岭，将城乡划得清清楚楚。只是她伤害了仇鹏燕，可她并未觉得伤害了他，以为生活就是这么个样子。

当然梁艳后来的心理变化，缘于仇鹏燕考上了大学。那真是凤毛麟角的，她心里潜滋暗长了对仇鹏燕的敬佩，不过更让她敬佩的是一次意外地读到仇鹏燕发表在地区机关报副刊的散文——《太平的姐姐》。那时她刚上班不久，仇鹏燕正读大二。那是一篇饱含血泪、充满深情的文章，不足两千字，讲述了一个平凡而伟大的女性，如何抚养襁褓中的弟弟长大成人。梁艳的心灵受到了极大的震撼，那是一个为文学而疯狂的年代，同学中出了个会写散文的仇鹏燕，也是她这个同窗的骄傲。

几年后仇鹏燕分配到教育系统，她默默关注着仇鹏燕，但没有联系过。机缘巧遇上仇鹏燕，拨动了梁艳的心弦，她决定帮老同学一把，或许真能好风凭借力，送他上青天，转到一个更大的空间发展。

局里准备从学校借调人，梁艳将平时搜集的仇鹏燕发表的文章，挑出几篇到科技楼请朋友复印了两份，一份报给了李局长，一份带回了家。星期天小马喊她看电影，梁艳说："帮我一个忙，不然我不看。"小马接过一摞复印件感到莫名其妙，说："你什么意思。"梁艳就说了"意思"。小马道："你不会跟那小子有一腿吧，不然怎么这样热心？"梁艳一把夺过复印件骂道："放狗屁，老娘上高中时从没有正眼瞧过他，现在我正眼了，是人家肚子里有货。你不帮就算了，但不许放屁。"

小马笑了，说："瞧你德性，一句玩笑话，就发这么大的火。"梁艳道："这样的玩笑开不得。"小马说："这点小事，找你舅舅不就成了。"梁艳道："科长能比县长大？再说我是推荐人才，也不是走后门，你不是常说县长爱惜人才，还训斥你不爱学习嘛。"小马忙说："嘚嘚，打住，帮你送一下得了，甭接下来骂我歪瓜裂枣上不了了台盘只配做狗腿子。"梁艳乐了，说："你也只能做个狗腿子。"

小马随杨县长下乡检查途中，跟杨县长提到了仇鹏燕。杨县长才三十多岁，省里空降下来的，据说挺有背景。他沉吟半晌道："你是举才还是走后门？"小马道："我连他个鬼头贼脸什么样子都不知道，不是梁艳跟我聒噪，我才懒得问这破事。"杨县长说："文章拿给我看看。"小马道："在后备厢，不是纸硬，我早拿上厕所了。"杨县长默然一笑，说："你这个同志啊，思想有问题。"

杨县长看了仇鹏燕发表的文章，写了张便条给小马："李局：小仇文笔不错，如确实缺人手，可酌情考虑。杨。"

小马拿了便条，并没有急着给梁艳，而是放身上焐了几天，直至梁艳催问，才故作高深地说："为你同学这破事，我被县长训了一顿，说这是歪风邪气、不正之风、走后门、败坏社会风气、严重影响社会主义精神文明建设，不是看在我跟他跑了一年的份上，非给我一个处分不可。"梁艳接过纸条，眼睛眨巴了好多下，嫣然笑了，说："好你个马腿子，这是杨县长的话吗？我怎么看都像是从你马嘴里吐出来的。"小马嘿嘿笑。梁艳说："凭你说鬼话的水平，应该能写一手好文章的，怎么一摸笔就写不了三句半？"小马道："会说不会写，很正常嘛，我替你办了事，怎么补偿我？"梁艳骂了声"德性"，将嘴伸给小马呷了两口。

梁艳、小马的合力帮忙，让仇鹏燕顺利地借调进县文教局，仇鹏燕虽然不知道详情，但他明白梁艳为他的事，下了功夫。故而他在心底一直对梁艳存着感激，无以为报的他，只有扎扎实实地干好工作，才觉得对得起梁艳的举荐之苦心。

仇鹏燕的工作上了路子，梁艳自然高兴，闲暇时唠嗑少年往事，都显得不好意思。他写的各类材料，交给梁艳打字，俩人配合得挺默契。

仇鹏燕第一次见到小马，是上班一周后的下午，他将草拟的通知拿给梁艳。梁艳将蜡纸夹上打字机的卷筒，操作打字机，铅字钉"嗒嗒嗒"地击打在卷筒上，像打击乐似的。等候的仇鹏燕，与梁艳有一搭无一搭说话时，一个白净的书生模样的小伙子走进来。仇鹏燕一愣，以为是哪个科室的同事。梁艳开腔了："你没事？"小马没理梁艳，跟仇鹏燕道："你就是那个仇什么吧？"仇鹏燕明白是谁了，忙道："仇鹏燕。"小马点点头，才答梁艳："没事。"

仇鹏燕感到小马对自己谈不上友好，也谈不上不友好，扯几句闲，才指着隔壁的机械厂说："县长检查工作，顺路来看看。"

就这样认识了，但也仅限于认识，并没有更深地交往。

八

　　日子过得好快，仇鹏燕到文教局不觉三个多月了。

　　一天下午，李局长将审阅后的讲话稿给仇鹏燕，叫加班打印，第二天上午开会用。仇鹏燕不敢耽误，匆匆爬上三楼，梁艳正在嗑瓜子。仇鹏燕递稿子，说："打印二百份。"梁艳扫一眼二十多页稿子上李局长龙飞凤舞的签印数，不满地嘟囔一句："每次都挨到临上刑场才磨刀。"仇鹏燕不好意思地说："李局放手上几天，我也不好催，不然时间能从容些。"梁艳放下瓜子，着手干活，道："你别多心，我说李局长的。"她打好一张蜡纸，仇鹏燕校对一张，发现错字就用涂改液抹掉，留梁艳集中改。稿子打一半时，梁艳上卫生间，给小马挂个电话，说今晚加班，不知会多晚。小马在话筒中哼哈了几句。仇鹏燕明白，梁艳让小马夜里来接她的。

　　打出蜡纸有十二张，梁艳将仇鹏燕标的错字做了修改。仇鹏燕又校对了一次，就超过下班一个小时了，办公楼只剩下他俩。到小饭店吃过工作餐，回办公室稍作休息，梁艳操作速印机油印蜡纸。仇鹏燕一时插不上手，静坐一旁，陪印材料的梁艳有一搭没一搭地说话。夜十点多，梁艳油印完材料，洗过手就不停地看手表，说这家伙怎么还不来。仇鹏燕知道梁艳盼小马快点来，好帮助装订材料，早点结束回家。他在梁艳又打电话时，分择页码了。梁艳连打几次，都没有联系上小马，急躁地骂了几句。按说梁艳家仅六七里路，不算太远，不过人家恋爱中接接送送，以增加感情，是无可厚非的。仇鹏燕扫一眼梁艳，道："小马一定被什么事绊住了，不急，我们边干边等。"梁艳笑笑，说："我饶不了他。"

俩人说说笑笑，一直至深夜十一点四十分装订完材料，也没有等来小马。仇鹏燕扫一眼走廊上的夜空，说："我送你回去吧。"梁艳叹口气道："麻烦你了。"仇鹏燕说："跟我客气什么，我感激你还没机会呢。"

夜深的大街上行人稀少，俩人各骑着自行车，沿沙河大道往东缓行，昏暗的路灯映照着小城，映照着一路沉默不语的他俩。到沙河大桥时，身后扫射来雪亮的车灯，一辆黑色轿车鸣着笛靠近他们，车窗里探出小马的头，说："仇秘书加班结束啦！"梁艳冷脸骂道："去死吧，为什么不回电话。"满嘴酒气的小马停下车，说："杨县长一个酒局，送他到家才赶来接你。"梁艳虎着脸，说："鬼话连篇，不知你跟哪个妖精在一起呢。"小马道："真有妖精，哪里还能来接你。"

仇鹏燕见状，掉转车头，说："我任务完成了。"

小马将梁艳的自行车搬到后备厢，梁艳跟仇鹏燕挥挥手，钻进了轿车。

第二天，梁艳红着眼睛到办公室，仇鹏燕小声问："吵架了？"梁艳没吭声。上午开会，他们一起忙着。下午，仇鹏燕待在办公室没动。一天下来，他都在想着梁艳发生了什么事，但又找不出借口询问。

下班时，梁艳来找仇鹏燕。仇鹏燕让座，梁艳说："忙你的。"仇鹏燕说："没什么忙的。"同事陆续走掉后，梁艳说："今晚我请你吃饭。"仇鹏燕一愣，说："要请也是我请你，让我还一下人情。"梁艳说："行，你请。"仇鹏燕说："好，把小马也请来。"梁艳道："不要他来。"仇鹏燕不吭声了，觉得这顿饭不能吃，但又找不出推托的理由，算了，梁艳心情不好，劝慰劝慰她也不是坏事。

仍是江南饭店，小包间。同样的场景，不一样的心境，梁艳要了一瓶洋河大曲，说："仇鹏燕，我今晚特想喝白酒，你陪我醉一次行吗？"仇鹏燕长这么大，除姐姐和姐夫闹离婚他喝过一杯白酒，日常滴酒不沾的，他不明白梁艳咋要喝这又冲又辣死人的白酒。因说好他请客，他又不能说不拿白酒。仇鹏燕说："看来我得舍命陪君子啦，不过，你得告诉我为什么和小马闹矛盾，你们两口子都是我恩人呐。"梁艳瞪眼道："谁跟他是两口子？你少跟我提他，爱喝喝，不喝拉倒。"仇鹏燕看她生的气不小，不吱声了。

　　酒上菜来，仇鹏燕替梁艳斟上酒，自己也倒上一杯，举杯道："梁艳，今晚你将一切不愉快抛开，痛痛快快地喝几杯，明天就好了。"说罢，碰了一下梁艳端起的酒杯，先饮了。酒像火龙蹿下喉咙，仇鹏燕被辣得伸着脖子直眨巴眼睛。梁艳"扑哧"笑了："算什么男子汉。"仇鹏燕不好意思地问："你能喝多少酒？"梁艳道："高兴的话一瓶能下去，不高兴就难说了。"仇鹏燕说："海量，可惜今晚你不能尽兴了。"梁艳说："你得好好锻炼，男人，尤其是做了领导的男人哪有不'酒'经沙场的。"仇鹏燕乐了，说："涮我啊，没醉就说醉话了。"

　　梁艳也乐了，说："跟你在一起真高兴，来，干！"一仰脖下去一杯。俩人就这么说说笑笑，有一搭没一搭地喝着酒。不过仇鹏燕浅尝辄止，梁艳呢果然好酒量，一口一杯，杯杯见底，随着酒量增多，她的脸蛋渐渐鲜艳，目光迷离得如深潭里飘浮出的薄雾，盯得仇鹏燕怦然心动。

　　仇鹏燕奇怪极了，想从她脸上寻找当初蛮不讲理的神态，真怪，竟然一丝没寻着，相反倒有拥这朵鲜花入怀的萌动。当然这是闪电的一念，他不敢胡来的。他就这么与梁艳对视，对视着满腹故事。仇鹏燕想不到梁艳哭了，哭得他毫无思想准备，哭得他不知所以，慌忙递餐帕给梁艳擦泪。

梁艳接过餐帕，开口骂道："小马不是东西，姑奶奶非蹬了他不可。"仇鹏燕没敢笑，当年那个蛮不讲理的青果子又活灵活现了。他没有插言，他知道此时不宜说话，也不知该说什么，只能听凭梁艳自言自语，让她说出憋在心里的话。

原来昨晚小马九点多钟送过县长，犹豫着是回家，还是去梁艳那儿。梁艳下午电话中说估计加班至十一二点，他可不想为文教局加班，那算什么事儿？就在这时，重返酒局的几个司机死命呼他BP机，说："领导走了，我们重开战，不去是小狗。"这一去，酒不少，高了。鬼哭狼嚎至散场，超过十一点半。小马看表一个激灵，拿吧台电话打到文教局办公室，没人接，再打到梁艳家，她妈说小艳还没回来。

小马发慌，别出什么事吧，驾车赶到文教局，黑灯瞎火的，连看大门的老李头都睡了。他掉转车头赶往梁艳家，途中，看到梁艳和仇鹏燕像一对浪漫的恋人，慢悠悠地骑着车。小马在酒精作用下，翻了醋缸，好你个臭不要脸的梁艳，明明跟老情人幽会，竟骗我说加班。好在他当时没表露出来，还跟仇鹏燕客气地打招呼。可梁艳上了车，小马的脸就拉下了，说："梁艳，才几天你就脚踏两条船了。"

梁艳本来就有气，这下子火更大了，骂："你放狗屁、马屁、驴屁。"三屁将小马放笑了，说："你别装了，你加鬼班，瞧你刚才与姓仇的悠闲样子，别以为我是瞎子。"梁艳说："我真和仇鹏燕加班的，不信拉倒。"小马自然不信，话越说越难听，到最后说："我后悔死了，听你鬼话，竟引狼入室。"梁艳急了，说："马小非，你侮辱我，我下去。"说罢拍打车门。小马哈着酒气大笑了，说："你心里没鬼，激动干吗。"梁艳说："行，既然你这样说，我现在就跟你分手，明天就和仇鹏燕谈对象。"

小马不吭声了，当然也没让梁艳下车，而是一口气开到宿舍区大门，搬下自行车，理也不理梁艳，驾车而去，气得梁艳大骂马小非不是人。

梁艳虽然累得要死，但受了马小非的刺激，一宿没睡好，天亮，以为酒醒的小马能打电话来赔不是的，岂料一天也没见马小非的鬼影子。

仇鹏燕默然了，想不到马小非和梁艳闹矛盾，是这原因。他滴酒不下了，要送梁艳回去，说他明天找小马好好谈谈。梁艳醉了，说："不要你充好人，你今晚好好陪陪我就行了。"她站起来上卫生间，可脚步不稳差点跌倒。仇鹏燕伸手扶她，她却顺势往地下赖去。仇鹏燕急展双臂从身后抱住她，两手竟死死地捂在了饱鼓鼓的乳房上。仇鹏燕只觉一袭闪电传遍全身，这是他成人后第一次触摸姑娘的胸脯，他在瞬间意乱情迷了，他虽与酒后的郑娜亲过嘴，却不知道姑娘的乳房竟是这般地妙曼迷人……似睡非睡的梁艳靠在仇鹏燕胸前，似乎没觉得乳房被仇鹏燕捂住。仇鹏燕闪电过后，吓呆了，慌忙撒手，可手刚松，梁艳又栽下去，不过，仇鹏燕这次抱住的是她的双臂，心也不像刚才狂跳了。他屏住气，说："梁艳，你喝高了，我送你回去。"梁艳微睁着双眼点点头，说："好的，让你见笑了。"

仇鹏燕挽着梁艳出饭店，拦了辆人力三轮车，送到梁艳家的筒子楼下，梁艳道声谢，步履不稳地向楼梯口走去。仇鹏燕犹豫着进退，他明白送梁艳进家门是不合适的。一会儿，二楼梁家的电灯亮了，仇鹏燕才放心地返身。

简单洗漱后，仇鹏燕上了床，他一时睡不着，也不想翻书，满脑中跑着的尽是梁艳的身影，什么时候迷糊着的都不知道。

第二天上班，梁艳在楼梯口遇到仇鹏燕，不好意思地笑笑，说："昨晚丢人了。"仇鹏燕忽然想到昨天的窘状，脸一红，柔声道："以后少喝点，很伤身子的。"梁艳点点头，差点落泪。

九

　　马小非虽是犟种，但没犟过梁艳。半个月后他主动联系梁艳了，先打电话到她家，后找到办公室，梁艳避而不见，拒绝跟他和解。周末下班前，马小非终于将梁艳堵在了打字室。梁艳冷冷地看着他，一言不发。马小非不计较，一脸真诚地叫梁艳原谅他，说他那晚酒喝多了，说了不该说的话。现在他搞清楚了，他误会了梁艳，任打任骂任罚，只要梁艳能解气就行。梁艳并没有被感动，只说了句："你滚，我有对象了。"

　　马小非张口结舌了半晌，撇下梁艳，怏怏地走了。

　　梁艳的话也非空穴来风，这半月她的心路历程有了微妙变化，她觉得粗鲁、小市民气十足的马小非远不如仇鹏燕。仇鹏燕虽来自乡下，但前途光明。马小非只能做个车夫，就是这么个车夫竟敢欺负她，仇鹏燕对她却一直是温和的。梁艳内心的天平渐渐倾斜向仇鹏燕了，不过仇鹏燕怎么想的，她心中没谱。

　　仇鹏燕想天想地，可确实没有想过动梁艳为自己对象的心思。他的心思在哪，他也说不清楚。对郑娜，可以说有过心思，但被他自己消灭了，他不想自寻烦恼。对梁艳，他只有感恩，可以说感恩的心超过了同学情，甭说有小马，就是没有小马，他也不敢动梁艳的心思。他与梁艳互知根底，他不想让骨子里感觉良好的城里人看低自己一辈子。

仇鹏燕如死水一潭，梁艳决定自己行动了。新春临近，团县委组织机关青年到灯光球场跳刚时兴的交谊舞，梁艳替仇鹏燕报了名。仇鹏燕说："我不会跳舞，你自己和大伙玩去吧。"仇鹏燕不会跳舞是真，他更害怕给小马造成更大的误会。梁艳道："我是为你才报名的，在机关工作，不提高自己的生活品位，哪能合得上时代的节拍。"仇鹏燕说："我是舞盲，也没有这个兴趣，肯定学不会。"梁艳带着嘲讽的口吻道："满城男女老少都不忌讳交谊舞，一对对跳得疯疯癫癫，你这个受过高等教育的青年人反倒落伍，真叫人失望。"仇鹏燕张张嘴，不知说什么好。梁艳看着他的窘态，随即柔声道："很简单的，我教你，学学就会了。"

　　仇鹏燕架不住梁艳的柔情软磨，硬着头皮参加了。

　　灯光球场位于老城区，紧挨着一座老公园，近年来县城一些重大文娱活动都在这里举行，就在前不久还接待了某歌舞团来沙城献艺。

　　那天下午的风不硬，让人忘了冬季。仇鹏燕和梁艳一道走进灯光球场，因仇鹏燕磨蹭，他俩到的稍迟些，性急的姑娘小伙子们已来了不少，大家说笑着。一些熟人与梁艳打招呼，问："小非咋没来？这位是……"仇鹏燕进城工作虽几个月了，但并没有融入机关、融入这座城市，整天都坐在文教局楼里，认识的人有限。梁艳道："文教系统的大才子，我的同学仇大秘书，他是被我拖来参加活动的。"众人面露惊疑之色，大多也就一笑岔开了。

　　活动开始了，小青年们在轻松愉快的音乐声中放飞着青春梦，一些活泼者，嚷嚷着跳迪斯科，那才显出青春活力。团委书记是个漂亮姑娘，用扩音器喊道："按程序来。"大家说说笑笑，按拟定的顺序活动着。

　　仇鹏燕如不是真土，就是心理有障碍，迟迟入不了场。当"慢三"再起时，梁艳拉他上了场，梁艳叫他搂着她的腰，口中喊着"一二三"游滑进人丛。仇鹏燕不时地踩着梁艳的脚，极尴尬，梁艳不介意，紧紧地贴着他的身子，企图和他合起拍子来。一曲终了，仇鹏燕说不想待这儿了，太吵。梁艳提议到公园转转，仇鹏燕答应了。

他俩进入已具三百年历史的古典园林漫步，看着梁艳小鸟似的叽喳着说笑，仇鹏燕萌生出一种异样的兴奋。游人不多，三三两两的，这场景在冬日里也就极具情调了。他们从公园内的关帝庙出来，跨上临溪的石拱桥，并肩站到桥栏边，静静地观赏薄冰封着的小河，心中写满了诗意。

仇鹏燕虽在县中读过两年高中，却从没有进过这个公园，他看着眼前的一切也就极新颖、极陶醉了。梁艳忽然附他耳朵上说："鹏燕，跟我处朋友吧。"细若兰香吹进了耳里，仇鹏燕激灵一下，扭头看梁艳，梁艳正羞涩地看他。仇鹏燕心里一下子柔软起来，梁艳帮了他那么大的忙，平时对他照顾也不少，说对她丝毫没有动过心思那是假的，可马小非也有恩于己啊，他怎么能做那种被人唾骂的事呢，再说他心理一直是极自卑的，不敢对梁艳有所企图。此时此景，他心里翻腾着波澜，犹豫片刻，将目光放到小河尽头，说："老同学，咱们不是很好的朋友吗，说句你别不爱听的话，你要给小马个认错的机会。"梁艳的脸刷的红了，说："仇鹏燕你想好了再给我回话，我不会勉强你的。"

心高气傲的梁艳以为仇鹏燕巴不得自己求爱的，以前不明白他的想法，是觉得仇鹏燕脸皮薄，现在看来不是脸皮薄的问题，而是什么呢？胆小？不敢夺人所爱？这是说不过去的，不存在夺人所爱，明明是我主动出击的，也不是他毁坏我与马小非的关系。这么说，他是君子之心？不管他是什么心，但如此拒绝我，就是伤害我，就是不把我放在眼里。梁艳感觉遭受到异常的羞辱，不再说话，愤而走向公园大门。仇鹏燕望着她的背影，呆呆地发愣。

梁艳走远，仇鹏燕才回过神来，撒腿追向梁艳。不过，他并没有撵上前与梁艳并肩，而是保持十多步的距离。仇鹏燕想什么呢？他矛盾重重，不敢接纳梁艳，但又害怕她出事。就这么一直紧紧跟随，直至梁艳走进文教局，仇鹏燕才止了步。他觉得此时进办公楼不妥，于是返身走向沙河大堤，他要梳理一下纷乱的心绪。

梁艳虽没有回头，但她的脑后似乎长了一双眼睛，知道仇鹏燕跟着她。梁艳想，如果仇鹏燕追上来，就证明心里有她梁艳，如果不跟上来，就证明自己是自作多情，从此不再打扰仇鹏燕了，仍将他摆在同学的位置子上，不必再自寻烦恼。至于将来的路该如何走，那就交给"将来"决定吧。仇鹏燕没有跟进办公楼，梁艳不见怪，她觉得他能紧随自己二里多路，仅凭这点就够了。

仇鹏燕徘徊、流连在沙河边，渐渐平复了心境：以静制动，一切顺应天意。天色暗下来，他缓缓地走回办公室。机关人员已下班了，本以为会滞留的梁艳，也走了。

第二天梁艳到班，对他态度如常，并没有什么亲昵的举止。连续几日，皆是如此。仇鹏燕暗暗地松了口气，这样挺好，冥冥中他明白梁艳不属于他的，毕竟梁艳与马小非有多年的感情，梁艳只不过与马小非生气才动摇了爱恋，他可不能做乘人之危的事。

又逢周末，仇鹏燕决定回家一趟，还有几天就过春节了，单位分的一些年货得送回家。进城几个月，一直没回过家，未免太不像话。姐姐虽然不是妈，但姐姐关爱自己跟妈又有什么区别。从这点讲，自己真没有良心。下班时他收拾东西，梁艳笑眯眯地走进了办公室。仇鹏燕一怔，梁艳的笑很具内容哟。梁艳道："出发啊。"仇鹏燕说："把东西送回去。"梁艳露出一丝失望："哦，周末了，本想请你看电影的。"仇鹏燕又一怔，那个年代男女谈对象最好的借口就是看电影，许多成功的范例也是在电影院抒写出来的，这么说梁艳没有放弃他，心里不由涌出了酸甜。梁艳探头看看走廊，小声道："明天回去不一样吗？"仇鹏燕的心一动，舌头打起结来，蚊子似的小声说："县城离家不算远，几个月不回，大姐会生气的。"梁艳若有所思道："那就早点回吧，乡下没路灯，怪吓人的。"仇鹏燕点点头，心想梁艳能为我着想，确实不错。梁艳帮他拎包时，小声问："咱俩的事考虑得怎么样了？"

仇鹏燕张口结舌着："我……我……"

梁艳嫣然一笑："我就这么讨嫌啊，好了，早点回吧。"

仇鹏燕脱口道："我没说你讨嫌啊。"

梁艳笑得更灿烂了，说："瞧你急的。"拎起仇鹏燕的包往门外走。仇鹏燕待了片刻，提起地上的蛇皮袋也出门，随梁艳下了楼。

十

　　仇鹏燕骑车到家，夜色已黯，仇春燕正在堂屋新安装的电灯光下摆放着包好的饺子。仇鹏燕老远地就喊："大姐，家里安上电灯啦。"仇春燕拍拍手上的面，迎声站起，说："装十来天了，没你号码，也没好打电话告诉你。"仇鹏燕推车往屋里边走边在心里骂自己不是东西，半年不回，起码也打个电话到村委会，请人叫大姐接电话嘛。仇春燕错身让开自行车，帮弟弟卸年货，道："喜鹊一大早在树上叫，我就知道家里有喜事，上午赶集买肉回来，傍晚我边包饺子边等，果然小弟回家了。"仇鹏燕说："七八点钟了，大姐还没吃晚饭啊。"仇春燕道："等你回来一起吃呀。"仇鹏燕感到胸口暖暖的，也酸酸的。卸下年货，仇鹏燕说："单位发的，过年可以少买几样东西了。"仇春燕说："单位真不错。"

　　收拾停当，姐弟俩到锅屋下饺子。姐姐在灶下烧柴禾，仇鹏燕坐在一旁听姐姐讲闲。竖着耳朵听的仇鹏燕不时走神，仇春燕可不管弟弟走没走神，扯着村里发生的这新鲜事、那古怪事，一直扯到饺子煮好。仇鹏燕间或听了姐姐的一两句话，感到姐姐可能太孤独、极少与人说话，才跟他扯这些的。仇鹏燕黯然叹息一声。仇春燕意识到了什么，吃饺子时无语。

　　饭后，收拾碗筷时，仇春燕嘀咕道："今年没下大雪。"仇鹏燕说："天气预报，春节下。"仇春燕点点头说："晴冬烂年，大冬（冬至）太阳那么好，过年天气好才怪。"片刻，仇春燕又说："明天你去给俩老的上坟，松枝、挂浪我准备好了。"江淮风俗，清明、送灶至除夕间，必须给列祖列宗上坟的。七月半则在家烧火纸就行了。仇鹏燕点头答应着，心里惭愧着，好几个年头了，作为仇家的男丁很少给父母、列祖列宗上坟，这是不孝的。

仇春燕打来热水给弟弟烫脚。仇鹏燕洗脚时想着心事，仇春燕说话了："小弟，年根关节了，那个梁姑娘的人情还了吧。"仇鹏燕一怔，心说我还她什么人情啊，现在麻烦着呢，除非我人送给她算是最好的还人情了。他脸面上不敢流露出来，笑笑对姐姐道："老同学，用不着还人情，我请她吃过饭了。"仇春燕"哦"了一声，说："过年了，送两只老母鸡才好。"仇鹏燕道："机关人多眼杂的，拎去不好，日子长着呢。"

夜间，他又梦到了梁艳，不过不是在城里，而是在盛开鲜花的农田里。仇鹏燕惊坐起，责骂自己，怎么这么下流，又梦到她了？我心里没有想她啊！难道她是我的一个劫？要说心里想着谁，不否认有时会想到郑娜。他苦恼地笑笑，看来是这些日子与梁艳掰不清，她才入我梦的。

第二天上午，仇鹏燕拿着姐姐备好的东西，到坟场给父母上了坟、烧了纸钱、磕了头。面对父母萋萋枯草的坟头，他的脑瓜一片空白。他对父母丝毫没有印象，他只是机械地磕头，几乎算是麻木着完成礼仪。他也明白自己不该这样，他的生命毕竟是父母赐予的，他是仇家唯一传宗接代的根，仇家的香火得由他传递下去，他应该对父母崇敬、感恩，可他脑瓜就是一片空白，空白得令他生疑：我还算是个人吗？

纸灰随风绕着坟茔飞旋，一会儿散去了大半。仇鹏燕释然，迷信说法，纸灰飞旋，表示父母及列祖列宗前来领了钱，到冥府去消费了，表明他的一片孝心已被父母接受。他不迷信，但此时此刻，他似乎也相信这事了。

辞别父母的坟茔，仇鹏燕沿黄河岸漫不经心地逛荡了好久，才往家走，途中一些村人与他打招呼，他也跟一些村人打招呼，都是些常规性的礼节。

午饭后，仇鹏燕向姐姐告辞，跨上自行车往汰黄堆骑去。

来到文教局，仇鹏燕看到三楼打字室的门半掩着，犹豫了，梁艳来加班？他回宿舍，必须经过打字室。仇鹏燕内心充满着复杂的情绪，从昨晚至现在，他的心都在与梁艳谈不谈恋爱的矛盾中徘徊。当然他绝对不是排斥梁艳，他只是拿不定主意，如果不是有小马那层关系，也许他不会这么矛盾的，他虽然不是十分喜爱梁艳，但真与梁艳结缘，肯定只有好处，没有坏处。

仇鹏燕架好自行车，准备上楼时，梁艳下来了。俩人目光相接，梁艳脸泛红晕，说："估计你该到了。"仇鹏燕明白怎么回事了，故意说："你来加班？"梁艳白他一眼道："傻样，加你班啊？"说完，梁艳的脸"腾"地红了，这句话有点没羞没臊。仇鹏燕的脸也红了。梁艳忸怩一下道："五点半的电影，《自古英雄出少年》。"仇鹏燕沉吟一下说："应该我请你。"梁艳道："你有心下次请我好了。"

仇鹏燕答应着好的，可他下次尚未采取行动，梁艳就在休息日、节假日前找好了活动借口，什么逛公园、游动物园、看传统戏、溜旱冰、骑自行车、踏青野炊……搞得仇鹏燕既甜蜜，又为难，只好被动地接受着梁艳的一次次邀请，被动地随着梁艳去演绎那些花前月下的古老故事。

马小非起初认为梁艳跟他说的是气话，过一阵子气消了，也就雨后天晴。以往俩人闹别扭，大抵都是如此。他没想到梁艳竟然真和仇鹏燕往来起来，而忘恩负义、厚颜无耻的仇鹏燕，竟然也真和梁艳在光天化日之下明目张胆地往来，这不是公开向他马小非挑衅吗？马小非越想越生气，越生气就越失去理智、失去思维的辨析，他觉得目前的恶果是仇鹏燕栽下的因，正是这小子的出现，才破坏了他与梁艳的关系，他输不起这个理、丢不起这个人，他是谁啊，二县长。县长都知道他和梁艳是恋人，现在却被仇鹏燕这个乡下小子毁了，岂不是让他丢尽脸面？这样下去，他马小非哪还能在沙河县立足？马小非决计找梁艳好好谈谈，他不屑找仇鹏燕的。

仲春县里召开三干会，马小非用不着随时服务，他打电话给梁艳，说周末晚上请她看电影。梁艳接通后发现是马小非的电话，本想挂掉的，但马小非可怜的声音飘了过来，她没有立即挂掉，待马小非说完，她才生硬地回一句："不看！"挂了话机。马小非再次打来，说："梁艳，你不要这样，咱俩必须好好谈谈。"梁艳道："我跟你没什么好谈的。"再次挂了电话。

马小非十分气恼，自此每天都打一两个电话，气得办公室老是上三楼传话的人不想再喊梁艳了。梁艳也被马小非电话搅得不好受，她对办公室的人说："马小非再来电话，就说我不在。"目睹这一切，仇鹏燕很不自在，幸好他没有为马小非传过话，否则一定尴尬死了。他唯一能做的就是尽量不接受梁艳的邀请，或故意疏远梁艳。可梁艳不理这一套，有时会硬拉走他。

初夏的一天，仇鹏燕到市教委开会，晚上教委设宴招待。梁艳知道仇鹏燕有饭局，下班后就回了家。

梁艳前脚刚落地，马小非就到了。梁艳父母在楼下与邻居们扯闲，马小非跟他们打招呼时，梁艳听到了动静，快步进闺房反锁上门。梁母说："小马，好些日子没来了，小艳刚到家。"马小非说："伯母，我一直忙。"梁父说："我还以为你和小艳闹别扭了。"马小非连声说："哪能呢哪能呢。"说罢跨上二楼，推开了虚掩的防盗门。

马小非走近梁艳的闺房低声喊梁艳，梁艳不吭声。马小非说："小艳，我知道你在里面，你开开门，咱俩好好谈谈。"梁艳道："我跟你没什么好谈的，你走吧。"马小非说："梁艳，你就这么无情？怎么说我们也处这么长时间了，难道就抵不上那乡下小子。"梁艳道："乡下小子怎么啦？乡下小子比你有出息。"马小非说："梁艳，你别逼我。"梁艳道："我逼你什么了。"这时，梁母走上来，说："小马，小艳的爸爸拿冷菜去了，晚饭就在这儿吃。"马小非迟疑着不知该如何回答。梁母道："咦，小艳好好关什么门。"马小非这才回过神，说："伯母，我今晚有事，跟小艳说句话就走。"梁母奇怪地"噢"了一声，马小非转身就往门外走，他还顾点面子，不想让梁父母知道他和梁艳在闹别扭。

　　第二天晚下班时，马小非来到文教局，空荡荡的三楼只梁艳一人在，梁艳拎起小包刚准备下楼，马小非将她堵在了打字室。梁艳看到马小非，吓一跳，说："你来干什么？"马小非道："梁艳，你真不愿跟我和好了？"梁艳不吭声，表示马小非的一问是多余的。马小非恨声道："想不到你这么绝情，梁艳，我告诉你，你要当真甩了我，我非教训姓仇的不可。"说罢，头一掉，扬长而去。

　　梁艳看着马小非愤怒离去的样子，呆愣了好久，这个泼皮说到真能做到的。梁艳自此与仇鹏燕的公开行动收敛了许多。

　　三人的关系就这么稀里糊涂地胶着着。

十一

　　时间在不经意间溜过去，转眼就是盛夏了。仇鹏燕虽被情困扰着，但他尚不至于糊涂，他是个有思想、有理想的人，开始对未来担忧起来。王秘书学习快结束了，如果仇鹏燕的关系弄不到文教局，王秘书一回，他只好回双河。李局长呢，嘴上说替他办理调动手续的，可一直没有付诸行动。仇鹏燕明白原因有多种，但没烧香是一个关键。不知从去年还是前年开始，反正时间不算太长，在小城求人办事，得送礼了，东西不在多少，总得表表意思。

　　仇鹏燕不是没想过烧香，可他认为自己的工作能力强，凭这点李局长也应该对他有说法的。再则，他跟李局长相处大半年，只摸出他所需材料的口味，并未摸出李局长为人的深浅，假如送礼送砸了，事情更难办。仇鹏燕倒想通过梁艳送礼的，可一想到马小非整天猎狗似的嗅着他和梁艳，一旦被他抓住把柄，恐怕想挣都挣不脱。

　　暑伏的一天早晨，还没到上班时间，百无聊赖的仇鹏燕坐在办公室想着心事。梁艳进来，问："发什么呆？"仇鹏燕摇摇头，没吱声。梁艳说："别装了，你的心思我知道。"仇鹏燕眨巴着眼睛。梁艳说："拖这么久了你也不给我一个明确态度，光这么含含糊糊的，真让我寒心，鹏燕，只要你跟我明确了关系，我马上找舅舅想法子把你调进局里。"

仇鹏燕心一凉，这不是交易嘛。沉默良久，他的私心战胜了理智，他知道梁艳舅舅新近调整为干部科科长，有实权，于是不无玩笑地问："小艳，此话当真？"梁艳见他称自己小艳，幸福地笑了，说："谁跟你开玩笑？但我问你一个问题，你得如实说。"仇鹏燕点点头。梁艳说："你爱不爱我？"仇鹏燕愣了愣，说："有点。"梁艳恼了，说："什么叫有点，爱就是爱，不爱就是不爱。"梁艳继续道："你要不爱我，我立马走人，要真心爱，我马上找舅舅。"仇鹏燕鼻子一酸眼圈热了，伸手拽过梁艳说："小艳，我爱你，但小马能饶过你和我吗？"梁艳说："只要你爱我，管他什么小马大马的，我能摆平他。"

　　仇鹏燕沉默片刻，说："好，梁艳，我答应你。"梁艳开心地笑了，小鸟啄食似的亲一口仇鹏燕的脸颊，一旋身出了门。仇鹏燕盯着梁艳旋去的背影，心想，这小娘儿们，胆够大的，被人看见多不好。话虽这么说，仇鹏燕的心情却少有地愉快了一天，也幸福了一天。

　　快下班时，仇鹏燕计划着是请梁艳看电影，还是看歌舞晚会，听说北京来的歌舞团，在淮海影剧院献艺，很火。就在他起身上三楼约梁艳时，电话铃响了。三个同事都不在，仇鹏燕犹豫一下，抓起了话筒，想不到是马小非打来的。马小非说："仇秘吧，你不说话我也知道是你，我想找你谈谈。"仇鹏燕握着话筒不吭声。马小非说："你别怕，我不会怎么样，咱们是作为纯爷们说几句话，一小时后我到你办公室，梁艳要是在，你把她打发走。"

　　仇鹏燕想，马小非来无非是为梁艳的事，可自己既然答应与梁艳处了，就得勇敢地面对，躲避不是办法，大不了打一架罢了，再说，梁艳也不是马小非的老婆，我放着能留下来工作的机遇，干嘛不爷们似的和梁艳谈对象，怎么说也是同学，好坏都有那么一点基础。

　　仇鹏燕声音显得生硬："好的，我等你。"扣下了话筒。

坐回办公桌，他从抽屉里取出一支香烟叼嘴上。多年来，他一直不抽香烟，但近些日子，偶尔会吸上一两支。烟不是他买的，有时同事求他写个私人稿子，会撂一包香烟，他就留着抽着玩了。

一支烟吸完，仇鹏燕上了楼，梁艳正在打着一个小材料。梁艳停下打字机，说："你坐会儿，马上就好。"仇鹏燕说："你忙，跟你说句话，明晚请你看歌舞晚会，今晚我心血来潮，想写一篇散文，好久没练笔了。"他不想让梁艳知道极可能与马小非的一战。梁艳道："好久没看过你散文了，明晚我请你。"仇鹏燕说："哪能老让你请，我可是主动的噢。"梁艳幸福地笑了，说："好，你请。"仇鹏燕说："没事就早点回去吧。"梁艳道："好的，一会儿就走。"

夕阳垂下地平线后，马小非来了。静静的办公楼里就他两人。马小非盘腿坐到仇鹏燕的办公桌上，说："我也不跟你兜弯子了，咱俩捅开天窗说亮话，我跟梁艳谈恋爱四五年了，咱不说感情，我跟她小学初中都是同学，从小一块玩大的，两家又是世交，我不可能轻易放了她，再说我跟她早那个过了。"仇鹏燕瞪大吃惊的眼睛望着马小非，梁艳被他办过了？不会骗我的吧？马小非不看仇鹏燕，继续滔滔不绝地说："我知道你的关系要是弄不过来，就回双河了，你要是不和梁艳往来，我请杨县长帮忙，调你去政府办，杨县长对你的文笔很欣赏的。"

仇鹏燕一直没有吭声，听马小非说到这儿，起身倒杯水给他，说："小马，这事容我想想。"马小非说："有什么好想的，不信你跟梁艳的关系能进展到什么程度，她那人我了解，多半是用你来气我的，我敢说，你们交往这阵子，嘴都没亲过。"

仇鹏燕脸红了，说起来两人还真没亲过嘴，就说今早吧，梁艳第一次亲吻他，也只是小鸟似的轻啄一下他的脸颊，如果梁艳真像马小非所说的只是拿他气马小非，自己岂不让人笑死了。

仇鹏燕不知道这是马小非的策略，其实梁艳的天平确实倾向他了，只是由于他一味地被动，梁艳才没敢火热。由此可见仇鹏燕没能深入梁艳的心田，也就经不住马小非的一顿锤子猛砸，乱了阵脚。当然这也跟仇鹏燕一直拿捏不准梁艳和马小非的事有关，现在马小非说请杨县长调他进政府办，这个把握无疑比梁艳找她舅舅把握大。不就一个女人嘛，干什么为她将自己搞得人不人、鬼不鬼的，进城才是多年的梦想，进城才是硬道理。

想到这，仇鹏燕开口道："小马，其实你一直误会我了，我与梁艳是同学加朋友不假，相互处得不错也是事实，我不想隐瞒这一点，但我没跟她谈对象，是你硬把她往我这边逼的，冲你这德性，给她下跪也不屈，你最好和梁艳好好谈谈，哪怕像癞皮狗一样求她原谅你也行，你们毕竟有这么多年的基础。"

马小非死死地盯着仇鹏燕看，以辨别他话的真伪。仇鹏燕展露给他的是一脸无辜。良久，马小非点上一支烟，深深地吸一口，吞下肚后，猛击仇鹏燕肩膀一拳，道："明白了。"扭头出了门。

仇鹏燕呆呆地看着远去的马小非，揉揉肩膀，狠狠地抽了自己一个嘴巴，我这是干什么呀，不太缺德了吗。

第二天上班，仇鹏燕魂不守舍地过了一天。他不敢见梁艳，梁艳也没有找他。下班时，他才决定找梁艳说说马小非找他的事，看梁艳什么态度。如果梁艳不吃马小非那一套，自己还跟梁艳好下去。

仇鹏燕上了三楼，打字室门半掩着，迟疑片刻，推开了门，梁艳正坐在打字机前发呆。仇鹏燕轻声喊道："梁艳。"梁艳不像平时鹊子似的迎接他，而是偏过头勉强笑笑，说："来啦。"仇鹏燕道："小马昨晚找我了。"梁艳说："我知道。"仇鹏燕一时语塞。梁艳道："他也找过我了。"

仇鹏燕的脸烧起来，不知马小非都说了些什么。梁艳说："我什么都明白了，你别为难，只要你能奔个好前程，我愿意退出来，仍和小马重归于好。"

仇鹏燕胸口一酸，说："你不恨我？"梁艳道："我恨你干吗？只要马小非真能帮你，我尊重你的选择，怎么说，咱俩也是同学、是好朋友。"仇鹏燕眼圈一热，说："小艳，对不起，难为你了。"梁艳伏在打字机上呜咽起来。

十二

仇鹏燕调进县政府做了杨县长的秘书，他没想到事情办得这么快、这么顺当，他不能不对二县长马小非刮目相看，他明白马小非为他是出了大力的。梁艳呢，果然没再纠缠仇鹏燕，与马小非和好如初。让仇鹏燕愧疚的是，梁艳明知和他没戏了，却依然找了她的舅舅跟杨县长谈他的事，且按杨县长的指示，替仇鹏燕办理了调动手续。不管她舅舅起了多大作用，人家有这份心也是自己的贵人。

仇鹏燕走马新岗位一周后的一天上午，郑娜来到他办公室。他正在写材料，眨巴着眼睛盯郑娜看，忘了让座倒茶。郑娜哼了一声，说："怎么才做了几天狗腿子就不认识我了？"仇鹏燕似乎才回过神来。郑娜说："我路过看看你，我调省城一家办事处了，后天报到，希望你有空去玩。"仇鹏燕说："祝贺郑老师圆了回省城的梦，别忘了我这个老朋友。"郑娜轻搪他一拳，说："哪能呢，双河中学虽清苦，但我忘不了这段岁月，更忘不了你这个朋友。"说罢，轻声问："和姓梁的小娘子处得来吧。"仇鹏燕很水性地挖她一眼，拉开门看看走廊两头，小声道："别瞎说，人家是二县长的心上人，我哪能干插腿子的事。"说着轻轻捏住郑娜的手："可惜沙河的水土养不住你，我倒希望你留在沙河的。"郑娜轻轻抽开手，说："美得你。"仇鹏燕看看手表，九点半钟了，说："给个面子，中午吃顿便饭，算为你饯行。"郑娜拒绝了，说中午和几个留在沙河的知青约好小聚，下午赶回双河收拾东西，今天来算是道别的。仇鹏燕有点黯然，说："明天我送送你。"郑娜笑得勉强，说："免了，常联系吧，咱们是老朋友了，没必要这么客气的。"说罢记下仇鹏燕的办公室电话号码，转身拉开门就走。仇鹏燕撵下楼送她。

转眼数月过去。元旦，马小非和梁艳在县招待所举办隆重的婚礼，马家有二十多桌人。仇鹏燕中午吃过梁艳的喜宴，晚上又赴马小非的宴席。

仇鹏燕到招待所时宴席快开始了，满大厅热腾腾的一时让他不知所措，这时从侧门进来个长着丹凤眼的高个子姑娘，招呼他道，仇秘书，这边来。仇鹏燕顺势看去，主桌右侧的桌子空着一半。仇鹏燕点头致谢的瞬间，愣一下，中午在梁艳家遇到过这女子。姑娘后来匆匆出去了。

仇鹏燕入席不久，鞭炮声起，满脸洋溢着幸福的马小非、梁艳步入大厅，高个子姑娘陪在梁艳身旁，随新人走着不急不慢的步子。婚礼仪式很简单，不像后来花样多，一些闲者闹闹老马，就开席了。高个子姑娘和几个帮忙的人坐到仇鹏燕这边桌上。仇鹏燕含笑对姑娘点点头，姑娘也笑笑，似乎很寡言。

酒过三巡，新郎新娘向客人敬酒了。当他们走近仇鹏燕这张桌时，梁艳指着高个子姑娘对仇鹏燕说："李莉，我和小非的初中同学，今天做伴娘辛苦了，你多敬她两杯。"仇鹏燕忙摇手，意思自己没酒量。梁艳随即按着李莉肩膀说："仇秘书，我高中同学，本县才子，你要好好地多敬他几杯。"仇鹏燕脱口道："你想害死我啊！"他原想说你知道我不能喝酒的，好在没说出口，不然就惹出意味深长的麻烦了。马小非"扑哧"笑了，说："仇大秘就这胆量啊？"李莉一甩长辫子，道："仇秘书放心，我不会逼你喝的。"梁艳笑了，说："你弄颠倒了，倒怜惜起宝玉哥哥来了。"一桌人都是姑娘小伙子，笑得东倒西歪。

年轻人图热闹，不胜酒力的仇鹏燕再克制，也被他来我往地敬高了，话也就多起来，眼中几乎没了他人，只盯着李莉天南海北地侃，侃得李莉晕晕乎乎的。席散，办公室两秘书和李莉将已沉默不言的仇鹏燕送回宿舍。

第二天早晨，仇鹏燕头痛欲裂，怎么也记不清自己是怎么回来的。上班后李莉打电话来询问他怎么样了，仇鹏燕才知道昨晚出了洋相。李莉挂电话时说："请仇秘书有空到我们供销社指导工作。"仇鹏燕隐约想起昨晚李莉好像跟他说过，她是县供销社的。仇鹏燕忙道："对不起，让你费心了。"李莉说："我哪费什么心，刚好顺路回家，陪他们一道送你了。"仇鹏燕不好再多言，又道声谢。

接下来数日，仇鹏燕总觉得心里有一条小猫在抓挠，眼前不时地晃动着李莉修长的身影，可当凝神，眼前又什么也没有。这是他对女人从未有过的感觉，无论是郑娜还是梁艳，或读大学时面对班里的女生，都没有产生过这种幻觉。仇鹏燕蓦然一惊，难道这就是人们所说的一见钟情？莫非自己想恋爱了？但李莉是个什么情况呢？她有主儿了吗？

仇鹏燕抑制着自己的情绪，如此几天，他发觉自己静不下心工作了，那天办公室主任让他草拟个小通知，竟然被主任退回来修改了两次才通过，搞得主任直皱眉头，心想杨县长看中的这个才子怎么啦？江郎才尽了？

仇鹏燕知道这样下去是不行的，必须……必须怎么样呢？他茫然了。那天下午，仇鹏燕实在控制不住自己，抓起话机打到供销社。恰巧是李莉接的，她用略显惊讶却又激动的语气道："仇秘书哟！什么指示。"仇鹏燕本想说两句套近乎话的，却又不敢冒失，于是接口道："我哪敢有什么指示，没事，就是打个电话。"李莉快乐地笑了，说："大才子近来有什么大作问世啊。"仇鹏燕心说满脑子想的尽是你了，哪里还能写得了东西，当然这话是不能说出口的。仇鹏燕道："小作都没有，哪里来的大作，整天写八股文，脑袋瓜子都写木了。"就这么乱扯一通。后来他俩又不痛不痒地通过两次电话。

一天仇鹏燕经过供销社，打算上楼找李莉聊聊，可又觉得没有借口不好找人家。正在这时，马小非从供销社楼上下来。仇鹏燕迎上前打招呼："小非，忙什么呢？"马小非迎过来，捏一支香烟递给仇鹏燕，道："婚宴请李莉买的东西一直没结账，我来付钱的。"仇鹏燕说："快上班了吧。"马小非道："快了，婚假眨眼过去了，你来供销社有事？"仇鹏燕摇头道："我路过，看到你打声招呼。"仇鹏燕又故意问："李莉在这里上班？"马小非点点头，说："是啊！"仇鹏燕借着话题半开玩笑道："你老同学做伴娘，不会是名花无主吧。"马小非说："她呀，相过亲，也自谈过，可她眼睛眍朝天，高不成低不就，二十五岁了仍无对象。"马小非突然"咦"一声，又说："仇秘怎么关心起李莉来了，该不是……"仇鹏燕打断他的话："别瞎说，你起的话头，我才搭两句的，好，你忙，我正有事。"

两人分手，仇鹏燕往县府大院走去。一路上，仇鹏燕思绪乱飞，李莉果然没有对象，比自己小一岁，说起来挺合适的，可马小非说，李莉眼睛眍子朝天，这就成了问题。底气不足的仇鹏燕有了这念头，不敢贸然出击了，他害怕被李莉拒绝，那就太伤面子了。

梁艳、马小非度完蜜月，约仇鹏燕、李莉星期日到新居喝茶，其实是给他两人牵线搭桥的。仇鹏燕走进马小非磨到手的两室一厅，虽是旧楼，但以后可以凭此置换新房。

李莉先一步到，正坐在沙发上与梁艳闲谈，马小非在厨房整菜。梁艳起身迎接仇鹏燕，仇鹏燕与她搭话时，意味深长地看了一眼坐着没动的李莉。这些天，仇鹏燕是在相思与矛盾中度过的，他上前招呼道："你好！好久不见了。"李莉这才笑着站起，与仇鹏燕握握手，说："是吗，我怎么没觉得有多久，梁艳刚度完蜜月嘛。"仇鹏燕尴尬地笑笑。梁艳搭腔道："这丫头，一日不见就如同三秋，你算算这二十天有多少个秋，让人家仇大才子害了这么长时间的相思病，也不安慰安慰人家。"仇鹏燕笑得更尴尬了，李莉这才羞涩地低下了头。梁艳看着忸怩的俩人，打起了哈哈，说："呀，害羞啊，好，你俩聊，我帮小非做菜去，中午咱们好好喝两盅。"

梁艳、马小非牵线后，仇鹏燕、李莉正式交往了。

花前月下三个多月，仇鹏燕发觉李莉除了性格有点古怪，虚荣心强些，倒也挑不出其他毛病。说到这点，俩人算是同类。只不过，仇鹏燕自调进县政府办，这毛病改了不少，他觉得自己圆了做城里人的梦，没有理由不满足了。

李莉的父母是老市民，和马小非的父母住在一个大杂院。仇鹏燕每逢休息日就到她家干活，俩老人认为除了来自乡下，有个姐姐算是负担，仇鹏燕其他条件都不错，算满意吧。

俩人感情慢慢升温，不过他们能于当年的五一国际劳动节匆忙结婚，缘于县政府刚盖的宿舍楼分配，单身汉没份，结婚的无房户可以拿一套。仇鹏燕再近水楼台，也得成家才行。他把这情况跟李莉说了。

李莉起初与仇鹏燕交往心里动摇过，也失望过，自己挑来选去竟是个乡下小子，不是看好仇鹏燕有前途，就和他断了。现在她得知有这么好的分房机会，岂能错过，认为自己不亏什么了，所以没多想，就和仇鹏燕领了结婚证。

十三

仇鹏燕顺利地拿到新房钥匙后，就打电话告诉了李莉。李莉自然十分高兴，说："你抓紧时间装修，材料我找熟人买，价格便宜些。"仇鹏燕道："下班后，我们去看看房子。"李莉说："好咧。"

两室一厅的（房改时夫妻俩折价买下，后扩建成沙苑小区，室内重新进行了装修）毛坯房，仇鹏燕、李莉进客厅、卧室、厨房、卫生间看两眼就出来了，他们不是来参观房屋的，未装修的毛坯房也没有什么值得观赏的，他们谈论的话题主要是如何根据室内结构装修。本来说好，装修期间，由李莉多担当点，岂料材料买来，涂料工、木工找好，李莉却接到县组织人事部门的通知，到市委党校参加政工干部培训，为期半个月，属于常规性学习。李莉不想去的，但没人顶替她，只好将装修的事交给仇鹏燕了。

仇鹏燕对装修是外行，好在那个年代装修房屋和现在人搞装潢有着天壤之别，地面就是将浇筑的地坪抹平收光，用不着再铺地砖，讲究的人家顶多在地坪上刷一层红漆，就算出彩了；门窗是行政科统一安装的，钢窗、木门，很普通。装修工只将室内四壁、屋顶用水涂料抹两至三遍，雪白光亮就行。再把卫生间的抽水马桶、洗漱池之类，安装好，贴一圈子墙面砖即可。木工则就着墙壁尺寸打五合板的立柜、高低橱等家具，并在室内摆放得整整齐齐、像模像样就算完工了。

仇鹏燕是政府办笔杆子，不可能天天盯着装修，不过三天两头地跑来查看是必须的，装修中缺个东儿西的，总得房主买，装修工是不会代办的，人家是计日工，干一天拿一天钱。那时候包工包料的装修没有流行，也极少有人精于此道。

大约一个月，室内装修、家具基本搞好，仇鹏燕将窗户打开透气散散油漆涂料味，逢着天气阴沉，便将窗户关好。

生活就这么漫不经心地过着，"五一"逼近，李莉学习结束了。那天黄昏，下了班的仇鹏燕打电话约李莉一起到装修后的新房看看。李莉很高兴，与仇鹏燕在县政府大院相会后，携手并肩直奔新宿舍区。李莉随仇鹏燕进屋，神情莫名地兴奋，她从这间房看到那间房，东摸摸西摸摸，进厨房后摆弄着崭新的煤气灶具、自来水池，更让她高兴不已，主人翁感油然腾升。也难怪，大杂院长大的李莉，住的是湿气很重的低矮平房，烧的是小煤炉子，睡的是弟弟妹妹团成狗窝的小床，多家共用大杂院一个龙头的自来水，人间烟火味是很浓，但生性好静又爱干净的李莉早就厌烦了大杂院的脏乱。

当李莉走进淡淡灯光映照下的卧室，呵！散发着油漆香的家具，叠放整齐的被褥，心中顿时升起一种雾罩云绕的梦境感。仇鹏燕正摆弄着刚买的收录机，一曲"好一朵茉莉花"的轻音乐漾溢出来，撞击着李莉，弥漫了满壁。李莉情不自禁地抱一下仇鹏燕，仇鹏燕一惊后，张嘴叼住了李莉的香唇，李莉稍挣扎一下，咧开了小嘴，仇鹏燕乘势探舌头进去，与李莉的舌头缠绕到了一起。

这是他们认识以来的第二次亲吻，第一次是领结婚证前的一天夜里看完电影回来的路上，当时试试探探，几乎一触即散。这次两人都动了情，仇鹏燕的气越喘越粗，一只手探进了李莉饱鼓鼓的怀里，李莉拨几下他的手没拨开，气也不由粗喘起来……

二人温存了一会儿。仇鹏燕见李莉高兴，抓住李莉的手说："莉莉，跟你说个事，这事盘在我心里好多天了，一直没好意思跟你说。"李莉说："鹏燕，你我还分什么，有事就说嘛。"仇鹏燕说："大姐这辈子不容易，不仅将青春栽在我身上，连一生都放在我身上了，我早对大姐说过，一旦我在城里安了家，就将大姐接进城……"

李莉的笑容凝固住了，仇鹏燕见状打住了话头，他心中不由打个结，难道我说的不是时候？可这个问题迟早要面对的。

关于接姐姐进城的事，仇鹏燕一拿到房子的钥匙，就想跟李莉说的，想想忍下了。仇鹏燕隐然察觉到李莉不待见乡下人，前些日子，也就是她去党校学习前，某乡供销社的一女士仗着与李莉私人关系不错，带两个农村人找李莉，托她办点私事。那俩人前脚刚走，李莉便不高兴地对那女人道："我说你真是个大好人，以后少把这些人往我这里领，烦不烦人啦。"搞得那个女人很尴尬。这一幕正好被来供销社找李莉的仇鹏燕遇上了。仇鹏燕的心里当时就莫名地一沉，好在那个女人话头转得快，将事情岔过去。要说这也没什么，而几天前，仇鹏燕第一次带李莉回汰黄堆与姐姐会面，其间的一些细节，让仇鹏燕如鲠在喉，他觉得成年的李莉跟少女时期的梁艳差不多，骨子里都瞧不起乡下人。

李莉对待仇春燕是什么心态呢？还真一言难尽，几天前她随仇鹏燕见过这位大姑子。按李莉本意，是不想跟仇鹏燕下乡的。为何这样呢？她认为乡下人粗野、肮脏，不可理喻。也许这是缘于她少女时期的一些记忆，也许什么都不是，就是一种城里人与生俱来的优越感。当然，从善良的角度讲，宁愿相信她是缘于那个记忆，这是后来她与仇春燕几乎誓不两立后，与密友梁艳谈话，在梁艳的责问下，才道出讨厌乡下人的根源。她认为自己不是针对大姑姐仇春燕一个人的，她心里也愿意和大姑姐和好，可就是低不下头来。其实矛盾已存在，她的辩白，显得毫无意义，只能让时间磨去痕迹。那么她的那个记忆究竟是什么，让她一直耿耿于怀呢？说来，这事在乡下是司空见惯的，没有多大的特别之处。

那年她读小学四年级，暑假时，下放在郊区农村做知青的堂姐回家探亲，临走前她要跟堂姐到农村玩耍几天。堂姐不带她，说农村有什么玩的，除了农田、耕牛，就是茅草屋，上个厕所都要把屁股露给老天看。李莉偏要去。李莉的父母只好跟侄女说，你下放的地方离城不算远，让小莉到乡下见识见识也不是坏事，待她下放时也算是对农村有个先期了解。堂姐当初下放的豪情已被农村的脏苦累、看不到前程磨灭殆尽，她白了叔叔婶婶一眼道："你们还希望小莉也到那不是人待的地方吃苦啊，能留在城里扫大街也比做社员强。"李莉的父亲吃了大白眼，心里不服气，这是人话吗？农民就不是人？你祖父进城讨生活前，就是农村的，难道咱李家的列祖列宗都是在不是人待的地方繁衍、生活的？当然这话李父没有说出口，只说："你下放的大队我找得着，你带小莉玩几天，我休息日去接她。"

堂姐没话说了，只好让小莉坐上她跟知青队长借的脚踏车，将小莉驮到了乡下。

小莉坐上自行车是兴奋的，一到农村也是开心的，但不久她的嘴嘟上了，第二天则恶心地吐了。知青宿舍是统一建筑的瓦房，每排子有十五间，总计三排，格调、规模跟城区工人宿舍差不多，虽然也脏，但比散落在杂树灌木中的农民茅草屋强多了。小莉随堂姐去食堂打热水，边走边跳着说："姐，你这宿舍，跟纱厂宿舍一样，我以后就来你这里。"堂姐哼了一声，想笑，没笑出来。

黄昏，社员、知青放工后，小莉跟堂姐到宿舍后侧的一个相处不错的女社员家中时，小莉不笑了。她们行走在乡下人居住的村道间，猪儿狗儿猫儿鸡的，与主屋、茅厕、圈舍，混杂在一起，那真叫脏，稍不留神就会踩上"地雷"（鸡粪）。这还不算，第二天上午，她跟堂姐下农田，大概十时左右吧，三挂拖粪水的牛车来到田边，松开橡胶皮管塞子，往社员的粪桶放，由社员挑进农田泼洒。人们劳动的激情是高昂的，或荤或素地开着玩笑，或唱着乡间小调。突然一挂放了半车的长柜式粪便箱子被什么东西堵塞了，社员们用锹柄、木棍捅多次，粪水也流不畅通，相反越捅流量越少。还有半车粪水不放完肯定不行的，虽然来回拖运是人掌车把、牛拉车，可这些粪便都是从城里厕所拖来的，就是运到生产队的大粪池子也得倾倒完毕才行。如此折腾一番不见效果，一个中年女社员急了，喝骂掌控橡胶管的人将管口扎牢，上前掀开木柜三分之一处的箱盖子，捋起衣袖，伸胳膊下去抓扯一通，拽出了浸透粪便的一团东西，原来是棉纱裹住的一团胶状东西。这一幕被站在不远处的小莉看了个真真切切，她想这么脏的粪便竟然用手去抓，这样脏的手……她一恶心，吐了个天翻地覆。中午收工后，她随姐姐到食堂，看着知青们狼吞虎咽地吃饭，她眼前不时晃荡着那只抓粪便的手。堂姐劝她吃一点，她不肯，而是嚷嚷着回家。这道阴影伴随她多年，她的讲述，让训斥她的梁艳目瞪口呆，半晌才说："这些，跟仇春燕有什么关系？你这心病该上精神病医院看看。"

李莉那天初见仇春燕，说不上是喜欢还是讨厌，这点并不重要，重要的是她不想让外人融进夫妻俩生活的小天地。她认为，不管大姑姐跟仇鹏燕有多亲，也是夫妻俩之外的人。

沉默片刻，李莉对脸色变幻莫测的仇鹏燕说："你大姐在乡下生活得挺好，到这儿来干什么？你要是不放心，可以常回去看她嘛。"

仇鹏燕见李莉如此说，只好点点头，他想，姐姐进城的事得从长计议。

十四

　　仇春燕得知弟弟要结婚的消息，高兴坏了。但想到与弟媳妇的第一次见面，心里总有些不快。

　　那是礼拜日，上午她正在菜园整地，听到房前传来"小轻骑"的马达声，接着就听到仇鹏燕喊"大姐"！仇春燕挺意外，弟弟自调进县政府就没有回来过，只偶尔打电话到村委会，说他很好，不用挂心，叫她照顾好自己。弟弟如此，仇春燕也习惯了，认为弟弟是干大事的，只要活得顺心、工作得好，回不回来也没什么。当然唯一让她挂心的就是弟弟至今没有对象，叫她这个当姐姐的既着急又无可奈何。弟弟今儿不年不节的回来，一定有什么事。仇春燕扔下铁锹就往屋前走，她看到正在支轻骑的弟弟身旁站着一个穿红套裙的姑娘，仇春燕两眼放出多年没有过的亮光，好俊的姑娘，个头比自己还高些，看来这准是弟弟的对象。仇春燕高声道："小弟回来啦！"仇鹏燕点点头，对李莉说："这是大姐。"李莉正面无表情地瞅着仇家破茅屋，一扭头看到一个满脸盛开着菊花般笑容的中年妇女，于是抑着嗓门喊声"大姐"。

　　仇春燕高兴得手都不知朝哪放了，忙叼叼地到锅屋烧水。幸亏仇春燕结婚那年请村里泥瓦匠砌了灶子锅，浓烟从烟囱飞上蓝天，倘若还用泥锅腔，炊烟在屋内周旋，恐怕李莉还以为看到了史前人，不定如何糟心呢。仇春燕满腹透着喜庆，用蓝边碗盛来开水，小心地端给李莉，连声说："小妹喝水。"李莉看着满头花发、双手青筋凸露的仇春燕端着似乎没有刷干净的碗，皱眉说："我不渴。"仇春燕像遭水泼，手抖一下。仇鹏燕接过仇春燕的碗放到条柜上，说："大姐不要忙了，跟你商量个事。"仇春燕瞬间又溢了笑，她可不能让新上门的弟媳妇说大姑子脸色不好的。她没有开口，静待下文。仇鹏燕说："我定在'五一'和李莉结婚，就在城里办，麻烦大姐请家里亲戚。"

　　仇春燕的脸黑了下来，结婚是终身大事，不在仇家老宅子办那叫什么话，她的面子难看不要紧，老礼节不能丢啊！人家千里迢迢还赶回家补住一晚呢，何况他们离家才二十里路。新人大喜日子不进家门，人家会认为新娘子没进门槛，一生不吉利的。弟弟这哪叫商量，简直没拿她当姐，她鼻子有点发酸，自己盼了多年，希望弟弟在小村热热闹闹地办喜事，也算自己对父母有了一个完整的交代，可现在，唉——小太平真是有了媳妇忘了姐了。

　　仇春燕开口了，话音不太好听，说："小弟，大姐各事都依你，这婚姻大事不能儿戏，大姐当年结婚到黄河大队住一晚，就是不敢失礼给人家的，你说你结一趟婚新娘子不进仇家门哪能成？"仇鹏燕搓搓手，说："大姐，那是老风俗了，现在新事新办，城里都这样，我可不能让人家说出话来，再说了，城里同事、朋友也不可能到这儿来啊。"仇春燕不吭声。仇鹏燕说："我们也不能学人家路远的人在外办一次，再跑回家办一次，那会有人骂的。"李莉突然撂一句："这儿这么脏我才不来这里结婚。"噎得仇春燕直翻眼白，她看看弟弟，又看看李莉，心说这姑娘瞧不起我们乡下人，本来对她的喜欢打了一半折扣，好在仇春燕没有表露出来，以沉默表示她的不满。仇鹏燕横了李莉一眼，也不吭声了。

　　各人都弄得不痛快。仇春燕看情形不对，知道这时候再坚持己见，只有让弟弟为难，不由叹口气，心说村里人爱怎么讲随他们吧，本来好事，甭一下子弄僵了，以后一家人难处。于是说："你们定下在城里办就在城里办吧，过两天我去帮你们收拾一下。"李莉笑了，说："大姐，新房我们都弄停当了，到时只要大姐赏脸去喝酒就成了，你想啊，要是在这里多麻烦人啦，在城里都是人家帮我们弄得妥妥当当的，又省心又省事。"仇春燕点点头，说："倒也是。"仇春燕心里话却是：你们要是在这里办喜事，累死我也乐意。但现在不能说这样的话了，城里人有城里人的弯弯绕，只要弟弟能和和美美地结婚，其他都不重要了。仇春燕立马想通了，好在城里房子也姓仇，我只能顾全弟弟、弟媳的面子了。

仇春燕满面又含了笑，说："小弟你结婚是头等大事，黄德贵知道肯定高兴得要死，要不要告诉他？"

仇鹏燕听了姐姐的话，顿生愧意，在自己成长的历程中，姐夫黄老师倾注了大量心血，而这多年，自己竟然从没有去看过他，是不是太没良心了？大姐这样说，显然大姐心中还没有放下他。可请他好吗？他拿不准主意，只好说："这事大姐做主吧。"仇春燕忽然懊悔自己怎么脱口说出这样的话来，黄德贵是有家有道有儿有女的人了，让他以什么身份出现在酒席上？说是老师，可那些亲戚朋友不一定这样想啊！还有，就是黄德贵的女人会怎么看？

李莉看出了苗头，轻声问仇鹏燕："大姐说的那人是谁？"

仇春燕灰白的脸上泛出几缕羞色。

仇鹏燕看了看姐姐，说："是我小学的一个老师，对我们家恩重如山。"

李莉点点头，说："那该请。"然而她心里想的是，恐怕不会这么简单吧，单纯是个有恩的老师，请不请都没必要为难的。当然她也仅是想想而已，她才不想关心他们姐弟以前的事。

仇春燕深思了片刻，说："看情况再说吧。"

仇春燕要到村委会买菜招待弟弟、弟媳。近两年那里莫名其妙地冒出了个露水集市，有本村的也有外村的人跑来摆摊子，菜的品种虽不多，但一桌简易酒席还是能凑出来的。李莉不肯留下吃饭，说有事要赶回去。仇春燕不明白李莉是嫌她邋遢、家里又脏。仇鹏燕看出端倪，也就没有坚持留下来，说："大姐，我手头事太多了，日子又紧，真没办法。"

仇春燕很失落，心想，小弟这是怎么了？难道一顿饭也没时间吃？看这样子，弟媳妇还没过门，小弟就疏远大姐了，这叫什么事呢？罢罢罢，他们说忙，就随他们忙去吧，强留也没什么意思的。

送弟弟、李莉上了汰黄堆，看着俩人说说笑笑地远去，仇春燕忘记了不愉快。返回草庐，一时不知该干什么，地也无心整了，总体讲她高兴呀！弟弟成家，真真了却了她这一生中最大的心愿了。

午饭后，仇春燕到黄河北边通知舅舅一家，参加太平的婚礼。

舅舅一人在家，倚门框上抽烟。仇春燕喊声舅舅。舅舅显得很苍老了，满脸皱纹、刮着光头，比实际年龄似乎要大出十岁。舅舅应了一声，说："春燕来啦，好些日子也不上舅舅家的门了。"说着将仇春燕让进了屋。仇春燕不好意思地笑笑，是有两三年没到舅舅家了，觉得挺对不起舅舅的，逢年过节起码该看看舅舅的。但她不好说出口，一说舅舅准得骂太平没良心，可她怎么好怪弟弟呢，太平连自己的家都极少回。仇春燕道："舅舅，我是来请你们吃喜酒的，太平五一节结婚。"舅舅点点头，说："太平长大了，做官了，这小没良心的从不肯登舅舅家的门。"春燕道："哪是什么官啊，小弟就是太忙，回家趟数也不多。"舅舅哼了声，问："外甥媳妇是哪儿的人？"仇春燕说："城里姑娘。"当舅舅听春燕说外甥的婚礼在城里办，生气了，说："书白读了，一点礼数都不懂了。"仇春燕忙替弟弟解释，说："他们刚分了新房子，城里人有头有脸的都兴在饭店办酒席这一套，不讲那些老礼数了。"舅舅叹口气，道："枉费你这些年的心了，这小白眼狼。"春燕笑了，说："舅舅见到太平好好训训他就是了。"舅舅道："是该训一顿。"

辞别舅舅家，天色尚早，仇春燕又顺道请了几门平时走动少的亲戚。到家，天黑透了，她又不停脚地请了近邻王大、王二家。

　　仇春燕本想请村干部一并进城白吃的，思来想去，觉得不妥，如果在家里办酒席，这个礼数是断不能不要的，但现在喜事摆城里办，弟弟又做政府秘书，村干部哪好去白吃，只能出礼。可出礼就坏了规矩。当然了，她不请，村干部也不好意思去参加婚礼的。仇春燕想，万一哪一天村干部怪罪她，她也好解释。

　　仇春燕回到家，兴奋得半夜睡不着，脑中天南地北地想了许多事，什么时间入睡的都不知道。

　　天色透亮，仇春燕匆匆走上汰黄堆，她决定去请黄德贵。不管怎么说，不请是说不过去的。她沿汰黄堆、沿黄河岸匆匆地走着，心情非常之愉快，偶尔还放慢脚步观望一下参天的洋槐、皂荚、榆钱，或傍水的杨柳、芦苇、灌木，将满怀的写意尽情地释放。仇春燕美滋滋地想，黄德贵一定会高兴得要命的，他曾说过，太平虽是弟弟，但权当儿子抚养，将自己的梦想寄托在太平身上嘛。如今太平成了城里人、成了公家人，马上就要结婚成大人了，这不正是黄德贵想要的结果嘛。

　　仇春燕将太阳走上了高高的天空，黄河村也一步一步地向她招手时，两腿越迈越重、心境莫名地越来越灰暗了，昨天泛起的那不能请黄德贵的念头又抬起头来。其实昨天自弟弟、弟媳离开后，仇春燕就一直在请与不请黄德贵的矛盾中斗争着，一会儿觉得该请，一会儿觉得不合适，两个念头像两股力量在较劲拔绳。当她看到黄河村的树林时，仇春燕站住了，不请黄德贵的念头像蛇似的咬着她的心：黄德贵有儿有女的人了，我来请他算怎么回事？他女人怎么看待我？引发他两口子矛盾怎么办？要是太平自己登门请，又当别论了。

　　仇春燕徘徊了好久好久，恋恋不舍地看着咫尺的黄河村，折返身往回走了。

十五

仇鹏燕、李莉正日（指结婚）那天上午，仇春燕穿着弟弟买的新衣裳，早早地来到县城。她根据弟弟写的宅址，询问了几个人，摸到了县政府新宿舍区。

仇春燕上了楼，往弟弟家敞开门的屋里走，当她看到布满喜气的客厅、墙上挂着新人的大幅结婚照片，连连惊呼："真漂亮！"几个或坐或忙的青年男女，见闯进来一个中年女人咋呼着，忙问："你找谁？"仇春燕说："太平。"几人一愣，春燕也一愣，急忙改口："仇鹏燕。"姑娘小伙子们笑起来："哦，太平。"

仇鹏燕在洞房里闻声出来，见大姐稀奇地看着室内布置，和大伙搭话，有点不好意思，忙对几人介绍："我大姐。"小青年们随即纷纷喊大姐，小马嘴里叫着大姐，心里却嘀咕：我还以为哪来的老妈子呢。

仇春燕又随弟弟看卧室、书房，心里打起结扣来：小弟，不，看来弟媳妇没打算让我留宿啊！唉，无所谓，夜里坐王三毛子的脚踏车回去。她本来想搭王三毛子的脚踏车进城的，又一想人家邻居来出礼哪能来这么早，于是她天一显亮就马不停蹄地走来了。按仇春燕起初想法，提前两天来帮弟弟忙忙的，可弟弟、弟媳妇上次回去说，事情有人帮忙，她只来喝喜酒就行，她也就不好来添乱子了。

回到客厅，仇春燕想帮青年人做点什么，仇鹏燕说话了："大姐，你跑这么远累了，小马，请你送我大姐到招待所休息。"仇春燕忙摇手，说："不累，歇什么招待所啊，浪费钱。"同时心里一暖，弟弟、弟妹没有让我当晚就回去的心，还算不错。仇鹏燕说："没事的，我开了好几个房间，舅舅他们今晚都住那儿。"仇春燕点点头，说："应该这样！"她心里话是：难怪你们没安排我住家里，这亲那戚的来，我一人住不好。

舅舅、表哥卜爱国等亲戚是下半晌陆续到的。邻居王大爷（叔）、王二爷（叔）及王三毛子等傍晚到的，王大奶奶若不是已九十高龄，仇春燕也打算请老太太参加的。近邻嘛，处得好，比亲戚还有亲情的，大家不就是图个高兴嘛。

中午女方家在大杂院举办过宴席，本该次日吃的会亲酒，因仇家摆在饭店办，便按当日回门、当日会亲风俗办了。李莉家来的几个近亲与仇家的近亲在招待所单间喝认亲戚酒。由于仇家的近亲男士只来了舅舅、表哥计三人，舅舅还必须坐在婚宴席正位，如此，参加吃会亲酒的只能是表哥卜爱国兄弟俩了（女人不参与会亲宴）。这里也有个问题，平辈是不好给新人见面礼的，而另几个不近不远的亲戚又不宜吃会亲酒，他们只能吃出礼份子的酒席。所以李莉、仇鹏燕到单间会亲席上敬酒时，卜爱国代父亲给李莉十块钱见面礼，李莉觉得怪怪的，心想在大厅我白喊那个舅舅了。其实她应该明白，舅舅在那种场合不宜给她见面礼，桌上还有其他长辈，会搞得亲戚们尴尬的。

却说招待所大厅，摆了五六桌酒席，显得热闹但氛围不足。也难怪，仇鹏燕进城时间不长，结交的朋友很少，参加他们婚礼喜宴的亲戚、朋友、同事，包括文教局、双河中学曾经的同事，以及处得来的同学，该来的都来了，就这么多人，与李莉家中午分两次摆了十六桌酒宴差远了，他就这么些人脉。多年后，仇鹏燕的女儿小娅考上大学暨二十虚岁生日，按李莉的意思小庆一下，只请至亲摆三两桌，结果不请自到的人有三十桌，被仇鹏燕硬生生地推掉了大半，还摆了拉不下面子的十桌，很让仇鹏燕感慨人生的戏剧变幻。

十九时五十八分，鞭炮声拉开了婚礼的序幕，主持人道一番白，请新郎新娘携手上台。主持人说了几句喜庆话，就拜天地、拜父母、夫妻对拜了，就感谢领导、亲朋，让大家开怀畅饮，简短的几分钟程序，与跨入新千年婚庆不折腾个半小时以上才开宴喝酒，已不可同日而语了。不过，仇鹏燕与李莉的婚礼程序中，有个意外插曲，延续了几分钟时间，而这几分钟的插曲，比那些几十分钟的花样感人，让参加婚宴的亲朋好友们回味了好久。

仇鹏燕结婚虽已进入了 20 世纪 80 年代中期，但城乡还不兴拜天地，尤其是作为政府机关的工作人员，尚有许多忌讳。不过，在不违背政策法规下，偶尔也会搞一下无厘头的拜天地活动，并不很严肃，只为博大家一笑，增加婚礼喜庆的气氛。马小非介绍的这个主持人，曾在县文工团干过，自然要在婚庆上出一点彩的。

仇鹏燕、李莉在亲朋们哄笑声中一拜了天地，主持人随即满脸严肃地说话了，他的严肃是真严肃，不带半点调侃："各位亲朋好友，由于新郎家庭的特殊性，我们以热烈的掌声恭请新郎的舅舅上台接受一对新人的拜谢！俗话说，亲娘舅，掌大舵，娘舅跟亲生父母一样重！"

仇鹏燕的舅舅，扫一眼身旁的外甥女仇春燕，没作半点犹豫，起身走向台子。老人没有走向新人的对面接受那严肃地一拜，而是挥挥手说话了："请大家安静！"主持人见状，忙将麦克风递上前，说："亲朋们，听舅舅给一对新人献祝福语。"老人接过麦克风，举到眼前看看，又递给主持人，说："这玩意我不会用，反正人不多，我声音大些就行了。"仇鹏燕的舅舅猛咳一声，算清嗓子，也算提示大家注意。他高声道："难为（感谢）亲戚朋友、各位干部来喝我外甥、外甥媳妇的喜酒，我不会说话，再次难为大家了！说句良心话、公道话，让外甥、外甥媳妇拜我，我能不能承受这个拜呢？能，我是孩子的舅舅嘛，农村的话叫娘舅为大，可今天这个场合，我不敢接受这对新人的叩拜！我觉得外甥最该拜的是我外甥女春燕。太平的大大、妈妈，在太平出生不久就先后走了，是春燕一把屎一把尿地将他抚养成人，说起来这姐弟俩是喝着一个娘的奶长大的，可生亲没有养亲，春燕虽然是太平的大姐，但恩同再造，把春燕比作太平的娘也不为过。我不能接受新人的拜，要拜让这对新人拜一下子他们的大姐春燕。"

寂静无声的宴会厅足足冷场半分钟，不知谁起的头，响起雷鸣般的掌声。主持人被感染了，他用充满激情的声音喊道："请我们的姐娘上台！"

仇春燕听舅舅夸她时，呆呆地发愣！掌声四起时，惊得她不知所措！主持人请她上台，她惶恐忸怩，站也不是，坐也不是。仇鹏燕似乎刚从舅舅的语境中惊醒，急走几步到姐姐跟前，展臂抱住了姐姐，头伏在姐姐的肩膀上久久没有抬起。仇鹏燕哭了，他的脑瓜一片空白，只有抑制不住的泪水往下流，是回顾、是感激、是愧疚、是伤感、还是高兴？五味杂陈，似乎什么都是，又似乎什么都不是，就是纯纯的泪水，不含任何因素。

仇春燕流泪了，舅舅流泪了，一些亲朋的眼眶也陆续湿润了，李莉扭过脸去，主持人几次张嘴，竟然说不出话来。

坐在宴席上的梁艳，眼泪汪汪地站起，大声道："今天是仇鹏燕、李莉的大喜日子，我来为这对新人献上电影《甜蜜的事业》插曲《我们的生活充满阳光》，祝愿这对新人幸福快乐、永浴爱河，更期望你们以后好好地孝敬春燕大姐。"掌声再起。梁艳接过麦克风，抑制一下情绪，甜美的歌声飞扬起来："幸福的花儿心中开放，爱情的歌儿随风飘荡……"

梁艳清唱结束，主持人激动地道："感谢梁艳同志的激情演唱，这对新人今天组成家庭了，以后就风雨同舟共度人生岁月了，真诚地希望你们一定要善待娘一样的大姐，大姐一样的娘，值得你们一生敬爱的姐娘。"

程序完毕，喜宴正式开始了。

夜十时左右，客人陆续散去，仇鹏燕站在大厅门口，一一握手相送。仇春燕送酒高的舅舅到客房休息，舅舅嘴里不断地重复着几句话："外甥成家了，外甥女的石头放下了，以后就可以好好过日子了。"卜爱国兄弟俩也喝了不少酒，紧随着仇春燕走得东倒西歪。

最后只剩下媒人马小非、梁艳夫妇和全福奶奶及几个朋友，一道前往机关宿舍区，送新郎、新娘入洞房，即俗称的闹洞房。

十六

  时间过得好快，转眼中秋节快到了，仇春燕想，弟弟、弟媳妇应该回家过团圆节吧。十四那天，她特地将收藏着的芝麻取出淘洗晾晒，准备第二天烙月饼。她没想到下午弟弟回来了，是叫她进城过节的。犹豫片刻，仇鹏燕又说："我刚买了一张床，大姐要是不忙的话，到城里多住些日子。"

  关于购床，仇鹏燕是费了一点心机的。蜜月过完，他就有心接姐姐进城的，可他跟李莉开不了口。李莉在结婚那晚的那一刻是为大姑子抚养仇鹏燕感动过，但事后她说，感激大姐的方式有多种，不一定非要生活在一起。他对这样的话确乎也挑不出毛病，再说他也不想刚结婚就和李莉搞得不愉快，毕竟过日子是一辈子的事。中秋临近，仇鹏燕决定搞一点策略，接姐姐进城。于是他跟李莉商量："我晚上在书房看书、写文章，有时还为单位弄稿子，往往很疲倦，想歇息吧，一到卧室就打扰了你，我想买一张折叠床摆书房，累的时候能休息片刻。"其实他真正的想法是：过中秋节时把大姐接来过几天，小床晚上放客厅，白天收起来，没什么大碍。当然在大姐没进家门之前，这话不能跟李莉说的。李莉听了仇鹏燕的建议，想想也是，丈夫说的是实情，虽然新夫妇贪恋床上的那个事，但总不能影响前途、工作、学习。除此，还有一个原因，就是李莉怀孕了。

仇春燕是不想进城过节的，她盯着弟弟的眼睛说："你们应该回来过团圆节。"仇鹏燕尴尬着搓搓手。仇春燕叹口气道："好吧，今年我到你们那儿过节，以后过节你们有时间就回来，没时间就你们自己在城里过节。"仇春燕接着说："你那里我不能去住的，田要刨、鸡要养、猪要喂，哪能离得开？我会抽空子看你们的，你就不要将这事挂心上了。"

仇春燕之所以这样说，是她知道李莉不太欢迎她，她忘不了弟弟结婚的第二天发生的那件不痛快事。

那天早晨，舅舅、表兄弟没吃早饭，就匆匆回去了。仇春燕来到弟弟家，弟弟、弟媳妇刚起床。仇春燕见室内地面上落了不少昨晚闹洞房时朋友们乱扔的烟头、烟盒、糖纸等，拿扫帚清扫地面。清扫过程中，仇春燕像在家中一样，吐口清痰在地上，又忙用扫帚扫两下，这一幕被正在洗漱的李莉看到，她尽管没说什么，但脸拉得有八尺长。出了卫生间，李莉带出拖把，将仇春燕吐过清痰的地方拖刷了好几遍。仇春燕脸红了，感到李莉哪里是拖地，纯粹是拖她这张老脸。

仇鹏燕见姐姐这么说，不好再多说什么了。事实上他昨晚为过节的事，与李莉发生了小摩擦。仇鹏燕跟李莉商量，中秋节回乡下和姐姐过。李莉说："我吃不下你家的那饭。"仇鹏燕说："那就将大姐接来过节。"李莉沉吟了半晌道："叫你大姐收拾干净点，别将家里搞得脏兮兮的，一走让我拾掇半天。"仇鹏燕感到一口气堵在胸口，心里骂道，这女人怎么这个熊样子？以前虽听说有点洁癖，但也不至于这样嫌弃大姐。他自然不敢跟大姐讲这些，他点点头说："大姐，明天早点去。"仇春燕脸扭向门外，将目光送上汏黄堆，送往城里方向，说："只要你和弟妹过得好，大姐这辈子就满足了。"

生活如果像仇春燕这样期望的，她也是很幸福的。中秋节，仇春燕到弟弟家，李莉在大面子上是不错的，晚上还陪大姑姐喝了些酒，让第二天回到汰黄堆的仇春燕很是回味了一番。事情出在数月后，这件事伤透了仇春燕的自尊心。

1986年的腊月二十二，仇春燕扛着二十多斤新米、拎着两只鸡，满怀喜悦地到城里看望弟弟及怀孕的弟媳，就算他们除夕不回去吃年夜饭，新年初二也必须回去，千古老规矩，新人到舅舅家拜年。按说这事她不该烦神的，弟弟应该自己掌握，可谁叫她是大姐呢，她不能不烦神，她怕弟媳妇不拘乡下礼节，那要挨人骂的。

临近中午，仇春燕累巴巴地爬到弟弟家五楼，李莉在，仇鹏燕还没下班。李莉挺着大肚子隔防盗门看着一身粉尘、满脸汗水的仇春燕，眉皱成了"川"字，说："你弟弟还没回家。"仇春燕"哦"了一声，将东西从肩上放下，等李莉开门。可李莉丝毫没有开门的意思。仇春燕心里有点不高兴，心说你把门开开啊，我大老远地跑来，累坏了，起码让我进屋喘口气，喝口水。岂料李莉说："大姐，你身上太脏了，把外套脱下掼掼，否则细菌带进屋会影响我肚里宝宝的。"

仇春燕不敢相信这话是从李莉嘴里说出来的，连累带堵，她气得差点坐到地上，她掉头就往楼下走，眼泪也唰地下来了。

李莉看着怒冲冲下楼去的大姑姐，惊愕地撵着背影道："你你你，好好跑下去干什么？"

李莉感到莫名其妙，这大姑子什么意思啊，谁招她惹她了？我也没说她什么嘛。

瞧着李莉，刚才的话像刀子割了仇春燕的心，不管她是有心还是无意，都不应该说那话，别说仇春燕的脸皮子薄，就凭她满怀喜悦的心情、背着那么多东西、步行了二十里路兴冲冲地走来，你李莉也不该将她挡在门外，还嫌她身上脏，她能承受得了吗？就算你李莉再瞧不起大姑子，可她毕竟是你丈夫的亲姐姐啊，你怎么能说出如此不地道的话？

仇春燕一口气奔到小区外，茫然不知何去何从，见不见弟弟呢？按说弟弟是弟弟，应该见；李莉归李莉，她不待见我，我还不待见她呢。可见了弟弟说什么呢？这就为难了，仇春燕被李莉气得忘记了来弟弟家的目的，算了算了，谁也不见了，反正东西撂在弟弟门外了，回家。

仇春燕抬腿就走，不料迎面遇上了下班的仇鹏燕。

仇鹏燕看到边走边哭的姐姐，大吃一惊，急迎上前问："大姐怎么了？"仇鹏燕知道，这么多年了，大姐轻易不流泪的。

仇春燕看到弟弟的瞬间，泪流得更汹涌了。她抑制着自己不哭出声，但也说不出话。

仇鹏燕急了，连问："大姐怎么了，快跟我回家，有什么事慢慢说。"

仇春燕这才艰难地吐出两个字："不去！"

仇鹏燕明白了，李莉肯定得罪大姐了。眼圈不由发热，说："大姐你跑这么远路，到门口怎能不进家门。"仇春燕不吭声，也坚决不进宿舍区。仇鹏燕不敢多停留了，宿舍区大多是熟人，被人看到大姐这样子，影响不好。

仇鹏燕索性也不回家了，带大姐离开宿舍区，到工农路上一家小饭店招待大姐。仇鹏燕点了几个荤菜，劝慰大姐别生气，叫大姐吃饱了，过会儿找李莉算账。

仇春燕哪里吃得下去东西，屏声静气了好久，才说："小弟，千万不要跟弟妹吵架，城里人娇贵，她又怀着身孕，有个毛病的，你要多带量些。"仇鹏燕牙齿咬得咯吱吱响，半晌才点点头。

姐弟俩勉勉强强地吃了一些东西。

出了饭店，仇春燕说了给舅舅拜年的事，又说了摆在门外的大米、鸡子。仇鹏燕一一点头答应着，仍叫大姐跟他回家。仇春燕说："该说的话我都说了，还去你那儿干什么，我早点回去，猪和鸡要喂的。"

仇鹏燕知道大姐的气还没有完全消，说："我到店里买些年货给大姐带回去。"仇春燕不肯要，说："你们也不回家吃年夜饭，买东西干吗，家里什么也不缺。"

仇鹏燕拗不过姐姐，只好陪大姐走一段路算是送送。仇春燕连催多遍不要仇鹏燕送了，快步往前走去。仇鹏燕才停下脚步。

仇春燕快速走着，没有停留，也没有回头，走着走着眼泪又下来了。仇春燕遭受李莉的一击，明白李莉和她不是一口锅里挖饭吃的人。既然如此，自己就不能再去讨弟媳妇这个城里女人的嫌，再也不上弟弟家的门了。

不过仇春燕不知道自己走后，仇鹏燕流着泪站在路上看着她渐行渐远了好久好久，不知道仇鹏燕往回走时几乎是一步一回头，不知道仇鹏燕到家就与李莉吵了一架，不是看她怀有身孕就揎她一顿了，更不知道仇鹏燕心中对李莉埋下了一言难尽的恼恨阴影，直至很长很长时间也没有消除。

下篇

一

　　仇鹏燕和狗溜达到家已过零点，也许是酒精作用，也许是兴奋过度，也许是误过了最佳入眠时间，上床后，他好长时间难以入睡，睁着眼睛望着暗淡无光的屋顶难受，闭上眼睛胡思乱想更不好受。狗倒是老实，蜷缩在桌子下，不一会打起了鼾，细听，又没有声息，只偶尔发出一声低促的猹猹。

　　不知过了多久，他在默念数羊中，看到大姐仇春燕从黄河岸步履匆匆地走来，仇鹏燕很惊讶自己怎么变小了，只有几岁的样子，呆呆地坐在汰黄堆畔。大姐不知是没有看到他，还是不想理他，只管向前走，向着城市的方向走去。仇鹏燕急了，撒腿追赶上仇春燕，紧紧抱住仇春燕的大腿责问："大姐，为什么不睬我？你上哪去？"仇春燕抚摸一下他的头，道："太平，大姐也想有自己的生活。"仇鹏燕哭了，说："大姐，你不要我了？"仇春燕说："我不能再要你了，再要你，就没有我自己了。"仇鹏燕奇怪地问："怎么就没有你自己了？你不是在这儿吗？"仇春燕说："我抚养你二十多年，至今天你还不明白这个道理？"仇鹏燕吓一跳，说："我才多大呀，怎么就抚养我二十多年了。"仇春燕叹口气道："你连自己多大都不知道，真是白养活你一场了。"

　　仇鹏燕松开大姐的腿，上上下下打量自己。这一打量不要紧，差点吓得自己魂飞魄散，怎么一瞬间就变成了四十多岁、胡子拉碴的中年男人，更要命的是他没有站在汰黄堆上，而是从班房里缓缓地走出来，站在十字路口迷茫地乱瞅。而站在咫尺之遥的大姐不知何时变得白发苍苍，对他发出绝望、悲怆的哭泣。

仇鹏燕给大姐跪下了。

仇春燕没有拉他，任他跪着。这时，黄德贵从大姐身后钻出来，上前想拉起仇鹏燕。仇春燕说话了："德贵，别拉他，让他给你磕头，他对我做得孬好，我不想骂，也不想夸，毕竟是我弟弟，但他这辈子对不起你，你必须接受他的磕头，让他反思，怎么厚道做人。"

黄德贵说："算了吧，他也没犯多大罪。"

仇春燕道："没犯多大罪，但犯了不少错，再说，他对你不孝。"

黄德贵说："春燕，你以前不是这样子的嘛，别为难太平了，他还小，一切都可以从头再来的。"

仇鹏燕奇怪，黄老师怎么说我还小？他再重新打量自己，发现自己又变成十六七岁的少年了。仇鹏燕刚要喊姐夫，岂料，黄德贵和仇春燕一前一后，向着黄河方向缓缓地升上天空。

仇鹏燕急了，撒腿就追……他跑啊跑，不知为何居然将姐姐、姐夫追没了，自己却一脚踏在了城市的十字街口，路灯、霓虹灯、七彩灯交替闪烁，搞得他眼花缭乱。他踌躇起来，不知该往哪个方向走。就在这时，霓虹灯下厮打过来三个女人，仇鹏燕上前打算阻止，近身不由吓一跳：原来是郑娜追打着梁艳，骂她臭不要脸；梁艳追打着李莉，骂她不是人；李莉追打着郑娜，骂她是千人骑万人捣的骚货。

仇鹏燕大喝一声，你们唱得是哪一折子戏。

三个女人同时住手、同时住口、同时目光如炬地盯着仇鹏燕，盯得仇鹏燕心里发毛。仇鹏燕刚想问，你们想干什么？三个女人已纵身扑向他，骂最不是东西的就是你！

仇鹏燕吓坏了，扭身就跑，跑进了黑暗的旷野，跑进了一片坟茔。仇鹏燕驻足，疑惑着怎么回事，这时一条灰黑色小狗从坟地冲着他"汪汪"地跑出来，待跑到他面前，小狗变成了大狗。仇鹏燕一边退着一边问："你想干什么？你想干什么？"

狗说话了："我不想干什么，我要吃了你，世界上就只剩下一个太平了，春燕姐就不会再念叨你了。"

仇鹏燕怒骂："你这畜生，怎么会说人话？"

狗腾空扑向他，骂道："你还不如畜生！"

仇鹏燕吓得大叫一声惊醒，发觉浑身已被冷汗浸透，茫然四顾：怎么回事？怎么回事？待他回过神来才发现，狗不知何时趴上床沿，伸着长长的舌头、瞪着灰黄的眼睛盯他看。仇鹏燕喝骂狗滚开，连道："怪事怪事！"试图回忆梦境，却愈忆愈记不清梦里的事了。于是嘀咕道：都说梦与现实是相反的，我做的是好梦坏梦？

仇鹏燕闭目又躺了几分钟，拿起床头柜的手表一看，9点半了。起床，喝杯开水，将扒着门的狗放出去撒尿屎。发了会儿呆，进卫生间漱洗时，发觉头皮痒极，才想起多日没洗头了。

仇鹏燕洗了头，扭身看到进门的野狗，不由一阵厌恶，骂道："狗东西，脏死了，过来。"野狗听懂了他的话，摇着尾巴乖乖地走近他。仇鹏燕兑现好温水，拿来毛刷，命令狗躺下。野狗人模猴样地躺下了，仇鹏燕开始细心地刷洗野狗身上的污秽，那神情极像给小时候的女儿仇李娅洗澡。

仇鹏燕默然，伸出两手搭起狗茸茸的前腿，狗人似的站着了。他捏弄着狗爪，像人对人，更像兄弟对兄弟，不无哀伤地说："太平，咱俩今天回汰黄堆，给大姐磕头。"

狗似乎听懂了仇鹏燕的话，两条后腿兴奋地跳越着，那神情像说："兄弟，放下我的手，快些开门，咱们去给大姐磕头。"仇鹏燕感动了，说："还是你跟大姐心心相通。"

仇鹏燕简单地收拾一下，打开防盗门，和狗一道下楼梯。他推出那辆旧自行车，刚跨上座子，狗便撒着欢向小区大门跑去。

二

　　仇鹏燕的女儿仇李娅上幼儿园时，仇鹏燕被提拔为办公室副主任，接替秘书一职的是马成功。

　　马成功写的材料被新任县长训斥过几次，吓得他不敢动笔了，一遇材料就求仇鹏燕。仇鹏燕替他救过不少次场，所以俩人关系挺铁。后来马成功被派往县政府驻沪办事处，接触不少生意场上的人，为他日后辞职下海打下了基础。

　　仇鹏燕官运不错，过了不久，经县委杨书记提名，仇鹏燕作为全县最年轻的正科级干部之一走马上任了双河乡乡长。双河中学的一把手还是韩校长，听说仇鹏燕来双河当乡长，很惊讶，连声叹息道："还是机关锻炼人呀。"

　　1993年仇鹏燕接任了双河乡党委书记一职。两年后又担任撤乡合并建镇的双河镇镇长（书记由县人大常委会副主任兼）。以这种势头发展下去，仇鹏燕的前途应该是光明的、远大的、无量的。岂料他在镇长位置上一蹲就是八年，前后陪了三任书记，也没能挪窝子。

　　在工作中，仇鹏燕常下农村、走基层，筹办发展乡镇企业，推广水陆科学养殖、科技种植，做了不少惠民的实事，博得老百姓夸赞："仇镇长不和咱老百姓玩虚的。"镇机关工作人员说："仇镇跟咱们讲实的。"镇三任书记也都曾公开承认，老仇是个好搭档。

可搭档再好，书记离任，仇镇仍是仇镇。那么前两任书记推没推荐过仇镇呢？不得而知，那是事关党的拟用干部机密，仇鹏燕也未必清楚，因为即便书记离任前推荐他，上级，包括上级的上级如果不采纳、不提拔，也是白搭。双河是个大镇，当了书记就是副县级了，就属于市管干部了，这是一个台阶，不是每一个正科都能跨越上的台阶。如此，仇鹏燕也就认了命、满了足，能把镇长进行到底，年龄大了再调回县城养老，这辈子就没白活了。

2003年元月底即旧历的除夕傍晚，仇鹏燕回家过年，他进门看到妻子李莉正逗弄着一条雪白的小巴狗，一时百感交集，自少年时那条花狗被人打死，他已多年没碰过狗了。由狗他想到了妻子，到双河十多年，他似乎忽略了妻子的存在。是的，双河离县城是远点，但乡镇有车子，每星期回家一趟总可以的，可他一年里只在逢年过节或县里召开会议，才回家看看。他心里总疙疙瘩瘩的，不太想回家。这样一来，女儿对他也不亲近。为此李莉抱怨过他多次，说他心中根本没有家，没有她和女儿。他只笑笑，不做辩解。时间长了，李莉也就习惯了这种守活寡式的生活，孤寂地抚养着女儿成长。

李莉见仇鹏燕进门，放下小巴狗，口气淡淡地说："回来啦。"小巴狗不认识仇鹏燕，扬头冲着他猫似的叫几声。仇鹏燕不理小巴狗，不好意思地冲李莉笑笑，想说宽慰话什么的，结果仍是笑笑。李莉不看他的笑容，伸手接过仇鹏燕的包，进厨房张罗饭食了。

小娅在卧室看电视，探下头说："仇镇长回来啦，我们等你吃年夜饭呐。"读高二的女儿赶上李莉高了。仇鹏燕油然生出一丝愧疚，原来女儿都长这么大了。

吃过晚饭看春节联欢晚会，一家三口边看边闲聊，仇鹏燕用眼角扫着李莉对女儿说："小娅，明天跟我回乡下给姑妈拜年。"小娅说："好的，姑妈昨天还打电话来问你回不回去呢，说新房收拾得干干净净的，一家三口子去都有地方睡。"李莉装聋不吭声，小娅又改口："就怕去不成，下午爹爹奶奶（新时期以来，约定俗成的习惯，将外祖父外祖母的'外'字省掉了，大概跟大多人家的孩子皆是独生子女有关）打电话，叫我们去吃年夜饭，妈妈说不知你多会子回来，改明天中午聚餐了。"仇鹏燕不吭声了，结婚多年来，年夜饭或大年初一的聚餐，都是在岳父岳母家，将冷清留给了大姐一人。李莉看了看丈夫，说："要不你和小娅去大姐那儿吧，我一人去爸妈家。"李莉当年将大姑子姐挡在门外，一直不好意思和大姑子见面（事实上她生孩子时对仇春燕伤害得更崩溃，只不过她以为仇春燕不知道罢了）。仇鹏燕皱皱眉，心说，大过年的一家三口子分开，不定又冒出多少是非呢。他叹口气说："过两天我再回去吧。"谁知后来他被另一件事岔开没能回去。

仇鹏燕觉得今生最对不起的人就是姐姐仇春燕了。自到双河工作十多年，他很少回汰黄堆，大姐有什么想法，他似乎从未想过，只是按月给大姐寄零花钱就万事大吉了。秋季，姐姐在老宅子上翻盖三间瓦房，按说姐姐早该建房的，村上像仇家这样风雨飘摇的老房子仅此一处了，可姐姐一直不愿意盖。原因仇鹏燕有数，他没在家结婚，是姐姐的一场心病，大姐认为他已在城里结了婚，没必要再在乡下伤筋动骨盖房子了，她住哪儿都一样。要不是夏秋间的连绵雨水将老宅子淋塌了，她肯定不会盖新房的。那天大姐打电话告诉他，说家里盖房子，有空回来看看。仇鹏燕不知道老房子倒了，以为大姐终于想通了，到银行取两万块钱专程赶回了汰黄堆村。仇春燕没要弟弟的钱，说这些年她在家赚的，加上仇鹏燕平时给的，盖三间瓦房没问题，原本聚下这笔钱给小娅上大学的，现在泡汤了。

除夕的鞭炮几乎将小城炸翻，自春晚联欢会开播，仇鹏燕的手机就爆响，都是朋友、上级、同僚、下属发来短信表示新春问候的。仇鹏燕有的删了，有的回复。新年的钟声敲响不久，他被一则信息弄愣了，"一别音容两渺茫，此刻想你在心房。祝新春幸福！娜。"他没有回复，记下号码，立即将信息删了。

初一上午到岳父母家拜年。中午，老少围圆桌饮酒。下午仇鹏燕被内弟、内弟媳妇拖住打扑克。一局未完，县城几个昔日同僚打电话约他到小城刚兴起的茶馆打牌，说顺便晚上聚餐。仇鹏燕说："你们过年不和家里人在一起，跟我聚什么。"话虽这么说，其实仇鹏燕很不想和岳父母家的人捆在一起打这无聊的牌，早想借机脱身。李莉道："你有事就去吧，别在这儿说漂亮话，我和小娅晚上回去。"

仇鹏燕不再多言，跟众人告辞。出了大杂院，他就拨通了郑娜的手机，先给她拜年，随即问她怎么知道手机号码的。郑娜说："马成功告诉我的，你这家伙够可以的，重返双河就跟我通过一次话，这么多年再不冒影子了。"仇鹏燕说："发配到老地方，有什么值得炫耀的。"仇鹏燕倒不是没想过郑娜，实在是工作、婚姻、家庭等一系列矛盾搞得他焦头烂额，渐渐中断了联系。

仇鹏燕问："办事处工作还好吧？"郑娜笑了，说："镇长大人消息太闭塞了吧，可见你真没有心肝，我不信你一直没到过省城？"仇鹏燕一愣，说："骗你是小狗，自从我离开母校，就没有去过省城。"郑娜不无玩笑地叹息道："够可怜的，再干几年乡镇长恐怕能干成痴呆症。我离开那枯死人的地方十年了，现在一家合资企业做高管。"仇鹏燕说："娜娜，祝你活得开心。"随即半真半假地说，"其实这些年我一直把你藏在心里的。"女人的心往往在特定语境中变得特柔软，她说"真的吗"三字时就特水特绵特没骨头了。仇鹏燕说："娜娜，我想去看看你，不会打扰你吧？"郑娜说："长假这几天我没有活动，只是看书喝酒睡觉，你不怕夫人生气就来陪我。"

晚上他和老朋友聚会，大伙说着说着，突然说到腊月二十八夜间发生的事，委实让消息不灵通的仇鹏燕大吃一惊，与双河镇隔河相望的三河县县长驾车回家，在高速路上追尾同方向行驶的货车，当场死亡。上级早就三令五申，禁止领导干部自驾公车私用，可屁用不管。这事影响不好，公安机关封锁了消息，禁止传播。据说县长年轻有为，才三十多岁，太可惜了。仇鹏燕吃惊之余，居然浑身颤抖了一下。

夜归，醉意朦胧中，仇鹏燕躺到李莉身边，叫她明天准备一万块钱，他去趟省城。李莉挺不高兴，说："大过年的，去省城干什么？"她没好意思问是不是有情人了。仇鹏燕说："你懂什么，大过年的才好找人，你总不希望我待在双河一辈子吧。"李莉来了精神，说："你早该这样子了，不过你连市里县里都没靠山，省里倒有人了。"仇鹏燕一激灵，幸好李莉不知道他有郑娜这么层关系探路子，否则追问起来就没完没了了。于是哈着酒气道："省城有几个混得不错的同学，总能蹚出点路子的。"

三

　　第二天下午，仇鹏燕乘"黄牛"快客，直奔省城。

　　到站后，他拨通了郑娜的电话。郑娜大吃一惊，同时也生出几分感动，说："你真来啦！在哪？我去接你。"仇鹏燕避让着广场上的车来人往，将手机贴紧左耳朵，说："我刚出车站，在东门路边。"郑娜道："好，你别动，我一会儿就到。"

　　仇鹏燕待在路口，点上一支香烟，两眼迷茫地望着立交桥，望着参天的大楼，望着省城的天空，显得既陌生又熟悉。多年前在省城读书时，他极少与同学们结伴逛荡，这座城市的许多风景名胜他都没去玩过。毕业又回了沙河。以前是没有机会到省城，后来有机会居然不想来，包括学习班之类的活动，他都让副手去参加了。这似乎不可思议，主掌一镇的行政长官，呆省城几天也没什么的，可他就是没有来过，也不想与留在省城的同学联系。他以为，在校时大家皆泛泛之交，见面没什么意思，即使见了，无非闹闹酒，甚至连酒也闹不上。

　　约一刻钟，郑娜驾着帕萨特来了，下车，与仇鹏燕握手的同时拍他肩头道："你这家伙！"

　　衣衫略显单薄的郑娜丰韵依旧，女人味更足了，仇鹏燕一见她就有拥抱她的冲动，不过，他用玩笑岔开了冲动。仇鹏燕说："我以为郑大小姐不敢来见我呢。"郑娜说："你这家伙，明明是你来见我，怎么成了我不敢见你，难道我还怕被你吃了不成。"仇鹏燕暧昧地笑笑，心说，真是来吃你的。郑娜说："别笑得不怀好意。"随即拍拍他的肩膀，叫他坐副驾上。

车滑行不久，仇鹏燕的左手与郑娜的右手缠到了一起，直至遇红绿灯，俩人的手才分开。

一路无语，车子进了一个傍山临湖的豪华小区。郑娜住在三十三层，三室两厅，大厅足有四十平方米。郑娜启开电子门，仇鹏燕一步跨进去就喊道："老天，皇宫也没你这豪华，你早该请我来参观。"

郑娜笑了，说："大镇长怎么跟刘姥姥似的。"仇鹏燕也笑了，说："骂得这么入骨三分啊，怎么着我也不是老太婆，顶不济也该称我仇公公吧。"郑娜笑喷了，说："你什么时候做太监了，连老太婆也不如，老太婆起码还是个正常女人嘛。"

俩人相视，哈哈大笑起来。

郑娜道，我一直居无定所，去年才买了房子，没什么可参观的。仇鹏燕"嗨嗨嗨"地连笑带哼几句，才说："参观你也行啊。"郑娜轻拍下仇鹏燕的头道："去你的，贫。"

经过简短叙旧，仇鹏燕得知，郑娜一直独身。仇鹏燕问她为什么不成家，她说成家没意思，一个人过惯了。仇鹏燕刮下郑娜的鼻子，说："怎么想到我了？"郑娜虎着脸说："去你的，你以为你是谁呀，跟你开个玩笑倒当真了。"仇鹏燕看出郑娜是故作正经，于是故作煽情地说："娜娜，不骗你，这四十余小时我满脑瓜想的尽是你。"郑娜翻着眼白道："贫吧，噢，敢情咱俩认识二十年了，才想我四十个小时，太没良心了吧。"说完，两人相视着大笑起来。

话说间，天上黑影了。郑娜下厨，仇鹏燕打下手，俨然一对恩爱夫妻，忙了几个精致的菜。郑娜开了一瓶茅台酒，俩人浅斟慢酌起来。郑娜饮约二两酒，就开始兴奋了，她打开音箱，邀仇鹏燕跳舞。一曲终了，俩人相拥着滚到了大床上。仇鹏燕道："娜娜，说句掏心窝子的话，自你离开双河，这多年我一直想着你的，我时常后悔当年没能和你结成夫妻。"郑娜点下他的额头说："鬼话，我们俩的性格做朋友可以，做情人也行，结婚是过不到一块的，这点你比我清楚。"仇鹏燕笑了，说："娜娜，你还是这么理智啊，难道你不明白人该糊涂时就得糊涂，一味地理智，苦的只能是自己。"

郑娜摇摇头，良久才说："也不完全是理智，有时也犯糊涂，当年你借调到文教局，其实我脑袋瓜一片空白，在双河那个特殊的环境里，你是我的知音，是精神、情感的寄托，我也知道自己的一生不可能与你系在一起，但你被借调，我觉得自己的精神也在那个瞬间被你抽去了，当然也被你抽醒了。我那会儿想，如果你扎根双河，我那晚酒后，你要发生什么，我是绝对不会拒绝的，肯定会安居在小城镇与你生活的，尽管当时我们并没有谈恋爱，你也不无真假地挑逗过我，但我看出，那都是玩笑。"

仇鹏燕沉默半晌道："被你说糊涂了，我没觉得跟你开玩笑，但当时想沾你腥，却又不敢跟你谈对象是真的，我不止一次想过，你是大城市姑娘，哪能屈居在小镇？一旦有机会，你就会离开小镇的，我何必自寻烦恼、自食苦果呢。"

郑娜点点头，说："倒也是。"随即仰面躺下，双手抱脑后，若有所思地看着顶壁，悠悠地叹口气道："以为你和文教局的那个女同学好上了，没想你俩没戏。"

仇鹏燕心里说：谁说没戏，就差那么一点点就唱大戏了。但仇鹏燕不想触及这个话题，故而没有接腔，梁艳毕竟是自己人生中的一个贵人，没有梁艳当初的牵引，说不定自己迄今仍是一个教书匠。

郑娜问："夫人不错吧。"

仇鹏燕嘟囔道："还算行……"他想说本来夫妻俩感情还说得过去，但后来不那么融洽，却也没怎么恶化，就那个样子吧。只是李莉跟我大姐搞得太僵，让我很伤脑筋。可这些话他说不出口的，他觉得跟郑娜说家中的烂事没什么意义。

郑娜道："哦，还算行，就是不行，否则你就不会跑我这儿打野食了。"

仇鹏燕笑了，说："明明很恩爱的事，怎么叫打野食？想打野食，我在镇里打不行？可我绝不会干那种小头作怪、大头受累的事，为这，坏了一世的清名，不值。"

郑娜道："我的个乖乖，你居然是好干部啊。"

仇鹏燕大笑起来，说："多年前的陈词滥调，现在的乡镇干部，素质老高了，没你说得这么低下。"

郑娜道："不信能高到哪儿去，咱不说这些了，这次来找我什么事？"

仇鹏燕迟疑片刻，说："没什么事，就是老朋友相会。"他心里想的是，见面就说事不好，明天正儿八经地谈，那样子显得慎重。

郑娜哼了声道："真的没事？仅仅与老情人相会？鬼才信。"

仇鹏燕脸红了，话说到这个份上，再不说就显得虚伪了，于是侧过身说："娜娜，我还想求你办个事，你可千万别见怪啊。"

郑娜道："死相，就知道你不会平白无故来的，我哪有那么大的吸引力，大过年的招呼你一声，就丢下妻儿直奔省城了。说吧，什么事。"

仇鹏燕说："我在双河待太久了，不想老死在那儿。"

郑娜轻打一下他的手道："仅仅想回城？"仇鹏燕挠挠头道："当然体面点更好。"郑娜说："算你找对人了，我表哥去年刚调到人事部门，不过这事我不敢包你的，成不成看天意。"

四

　　俩人一觉睡到日上三竿，郑娜上一趟卫生间，又洗漱化妆一番，开始做早饭。仇鹏燕倚在床头上，郑娜叫他缓缓起床，说你亏了身子，我做点营养给你补补。仇鹏燕感到特温馨。

　　吃完饭，郑娜问："这几天怎么打发？"仇鹏燕道："一切听你安排。"说罢，从包里取出一万块钱放茶几上，道："娜娜，公归公、私归私，你找人总得破费的，这点钱我知道在省城是拿不出手的，但有情后维。"郑娜笑了，说："到底没见过大世面，出手不高。"仇鹏燕脸红了，说："我回去再汇。"郑娜沉下脸，说："我答应帮你找人，没答应帮你跑关系。"说罢将钱塞给了仇鹏燕。仇鹏燕傻眼了。郑娜莞尔，说："咱俩谁跟谁，别跟我来这俗的，我会尽力的，但不成，不能怪我。"仇鹏燕舌头打着结："这这这……"郑娜说："甭这这那那的了，大过年的咱们不谈那事，就说说如何过好这节日。"

　　仇鹏燕道："娜娜，一切听你的，这几天我整个人交给你了。"

　　郑娜笑，说："好，送上门的奴隶，不用白不用，既然你连省城的名胜都没玩过，替你补上这一课，过会儿我约表哥抽个时间喝茶，你俩见见面，跟他汇报汇报你的情况，让表哥对你有个印象。"仇鹏燕道："不喝酒，光喝茶行吗？"郑娜说："土，你以为是乡镇干部啊，他能赏面子喝茶就不错了。"

郑娜驾车，俩人来到清凉山。下车，俩人牵手走向牌坊式拱门，中门上"清凉山"三字很惹目。公园游人不多，应该是天寒之故。他俩沿着山道行走，几乎一路无语。参拜山南麓的古清凉寺时，郑娜攥紧仇鹏燕的手说："据说古寺最早建于921年，南唐李后主常来此打坐念佛，这家伙应该算是千古第一的多情皇帝，可惜命不好。"仇鹏燕点点头，说："我挺喜欢他的词，意境深远，能让人吟出泪来。"郑娜对着盘坐的鎏金大菩萨双手合十默祷一下，道："鹏燕，希望你情深赛过李后主，命要好过一代帝王李世民。"仇鹏燕紧紧握住郑娜的纤手，道声："谢谢！"

有善男信女来给菩萨上香了，他们绕着菩萨两旁分列的十八罗汉走一圈，出了清凉寺。寺周围依山堆置着假山，并植有树、竹和花草，构成红墙青瓦、清净幽雅的境界，行人至此，心也静下许多。

接下来，俩人来到石头城，寻觅孙吴大帝的踪迹。只是，除了遗址，只有感叹。仇鹏燕道："在省城读了几年书，很多地方没有逛过，真是白活一场了。"郑娜没吭声，她不知该夸仇鹏燕，还是该嘲讽仇鹏燕。

俩人在夫子庙吃了点东西，仇鹏燕说："这里来过几次的，当时没有多少游客，现在变化得不可同日语了。"郑娜道："小城市都在日新月异变化中，何况省城。你这人啦，真在乡镇上待死了。"仇鹏燕笑笑："我一心扑在老百姓身上，哪还想这些。"郑娜说："这两天抓紧时间，带你多跑几个地方。"

初四晚约九点钟，郑娜、仇鹏燕在龙蟠路一家咖啡厅，静候郑娜表哥的到来。仇鹏燕衣着随意，但也不寒酸，给人的感觉虽来自乡镇但比乡镇干部体面些，这是郑娜要求他这样的。她说表哥讲究朴素，但必须干净利索。对于将仇鹏燕引荐给她的表哥，郑娜昨天在电话中没有细说，如果说细了，她表哥肯定不会赴约的。郑娜只是对表哥撒娇卖傻地说：

"多年前乡下一个铁哥们来省城访亲，被我恰巧遇上，说好明晚在咖啡厅请他喝茶，请表哥赏光作陪。"表哥不太高兴，说："大过年的都不让我安稳，我明晚出席一个推不了的酒局，你们叙旧，我去添什么乱子。"郑娜说："我不嘛，孤男寡女的在一起，表哥不怕我出事啊，再说了，爹妈跟随大哥住上海后，在这座城市，我不找你，还能找谁，难道让110的出警来替我站岗。"郑娜的表哥被说乐了，他一直疼爱这个表妹的，于是叹口气道："从小你就胡搅蛮缠，做上高管，还跟小孩子似的，好了好了，明晚我抽空子过去。"

郑娜的表哥是半小时后到的，一个壮实的中年汉子，白净、微胖，架着眼镜，一副儒官派头。他进包厢时，郑娜笑着扑过去，抱一下表哥。表哥忙说："瞧你瞧你，疯疯癫癫的。"他用眼角扫一下仇鹏燕，仇鹏燕正局促地站也不是、坐也不是。郑娜将仇鹏燕引荐给表哥，表哥伸出手与仇鹏燕握一下，仇鹏燕想喊某长的，又觉不妥，干脆顺着郑娜叫表哥了。

小姐端来茶具，泡煮一番退出去，三人简约叙几句，喝茶。郑娜道："表哥，我毕业时发配到双河中学，举目无亲啊，没有一个说得上话的人，那些没文凭的老师很欺生，生产队里还能有几个同城去的姐妹呢。就在我绝望得不知能否活下去时，认识了仇鹏燕，所以嘛，从这个角度讲，他算是我的精神支柱。"

表哥面无表情道："说得这么可怜兮兮，你要一心扑在教学上，能胡思乱想？"郑娜说："表哥唉，你没有那样的经历，当然体会不到那苦闷的心情，后来我听李春波唱'村里有个姑娘叫小芳，长得好看又善良'，我感觉我就是李春波唱的那个知青，仇老师就是小芳呢。"表哥忍不住露出一丝笑容，说："你胡扯些什么呀！"郑娜露着一脸的无辜，道："本来就是嘛，仇老师确实伴我度过那个年代，区别就在咱俩没有谈恋爱，这样我就用不着谢谢他了。"仇鹏燕看了郑娜的表哥一眼，尴尬地笑了。

郑娜的表哥恢复了严肃的表情，问仇鹏燕："你转行不少年了吧。"仇鹏燕点点头，说："比郑娜先一步离开学校的。"接着他简明扼要地说了这些年的经历，乡镇发展格局，还提到曾经赏识他的县委杨书记。郑娜的表哥不时地点点头，但也仅限于点点头。

冷场片刻，郑娜搭话了，说："表哥读过古今中外很多文学书籍，可没看表哥写过散文小说什么的，人家仇鹏燕可是个才子哦，发表了不少文章，那个杨书记就是看中仇鹏燕会写文章，才将他弄进县政府的。"

郑娜的表哥略显意外，说："是吗？我只是爱好，看看而已。"

仇鹏燕道："郑娜抬举我了，多年前的事，后来杂七杂八忙，早扔了。"

郑娜的表哥若有若无地点点头。

说了约半小时话，郑娜的表哥告辞。郑娜要送表哥，表哥说："我带司机来的。"郑娜摊摊手道："我只好送仇镇长了。"她表哥没再搭话，健步出门，仇鹏燕、郑娜紧随其后相送。

次日是小年初五，凌晨，仇鹏燕与郑娜缠绵了一番，起床、洗漱、收拾。仇鹏燕说："我要上车站了，家里还有事料理，一上班就得忙。"

这几天郑娜对仇鹏燕产生了别样情愫，不过，她终如仇鹏燕所说，是个理智的女人。郑娜说："抱抱我，就此分别吧，我不送你了。"仇鹏燕抱一下郑娜，嘴伸过去，想和郑娜吻别。郑娜用长长的手指挡住了他的嘴，道："以后没什么特殊情况，就别见面了，我会打电话给你的。"

仇鹏燕忽然想哭，当然他没有哭出来，只是紧紧地攥着郑娜的手，足足有十分钟，才在郑娜的挣脱下，依依不舍地松开。

五

　　回到沙河，已临中午，仇鹏燕下车刚打开手机，"未接电话"提示及信息，驴打鸣似的一声接一声响起，都是同事、朋友或同学找他的。原部下马成功的留言："这几天躲哪里去了，手机一直打不通，问嫂子，她是王顾左右而打马虎眼。"仇鹏燕知道，马成功回县城过年，找他相聚未果，才发这样信息的。他没有急着回复马成功，尽管他觉得应该先回复马成功，这次与郑娜相会，起因还得感谢马成功，不是马成功提供他的手机号码给郑娜，他与郑娜确实中断了联系。对于郑娜，他不是没想过，只是他觉得各人已有各人的生活，没必要打扰人家。令他意外的是郑娜至今仍单身，才有他这几天自由地交往，也为他下一步的发展奠定了基石。

　　仇鹏燕回了几个重要电话，都是与双河新年换届选举有关的事，有镇书记、副镇长的，他们在打不通电话后，相继发来信息。仇鹏燕当然得为自己失踪几天找个借口，说自己身体不舒服，回老宅子休养是一个方面，最主要的是陪姐姐过一个安稳的年，他已多年没有陪姐姐过年，心里十分愧疚，是自己叫李莉别告诉任何人我的行踪的。镇里人都知道仇镇与姐姐的特殊感情，也就相信了他的谎言。

　　仇鹏燕到家，李莉和小娅都不在，估计李莉回娘家了。仇鹏燕没与她们联系，上床就呼呼大睡起来。这几天他在郑娜那儿盘桓累了，得好好调理一下身体。

傍晚，李莉回家，仇鹏燕恰好醒来。李莉问："多会儿到家的。"仇鹏燕道："中午，小娅没跟你回来？"李莉说："小娅去你大姐家了，说跟你大姐过小年，明天回来。"仇鹏燕心里一暖，小娅晓得好歹了，自己没能去陪大姐过年，小娅能想到这点，不愧是我仇家的后代。

李莉说："饭没吃吧，我在妈妈家吃过了。"仇鹏燕说："这几天跑累了，到家就睡的。"李莉"哦"了声，到厨房弄饭，饭菜都是现成的，热热即可。

李莉热菜时，仇鹏燕给姐姐打电话，小娅接的，说："呀，老爸，什么时候到家的，姑妈在看《还珠格格》呢，姑妈——，扔下你的小燕子，接电话，仇镇长来体察民情了。"这丫头说话连珠炮似的，既不像仇鹏燕，又不像李莉，倒有点像她的外奶（外祖母）。仇鹏燕跟大姐解释没能回家陪大姐过年的原因。仇春燕逮着说话机会，则扯了一通村里新闻，末了说："我这里很好，不用你挂心。"

仇鹏燕吃完饭，坐沙发上看《新闻联播》。李莉收拾好碗筷，也坐沙发上，询问他这几天的行踪，情况摸得怎么样。仇鹏燕不知是心虚，还是故意回避，两眼盯着电视说："有个同学的亲戚在省里，能否帮上忙还没个定数。"

李莉说："为这事，一万块钱恐怕远远不够吧。"仇鹏燕沉吟一下道："人家没要钱。"李莉眨巴眨巴眼睛说："不会吧，一万块钱都没花出去，这事够呛。"

仇鹏燕显然不想多说什么，半晌道："听天由命吧，是自己的跑不了，不是自己的，追也没有用。"李莉若有所思地说："倒也是。"

次日晨，仇鹏燕打电话给马成功，说："后天上班了，明天我还有别的事，今晚你来我家喝酒吧。"马成功也没有追问他这几天跑哪去了，他在官场、生意场历练久了，知道有些话不宜多问的，人家方便自会告诉你，不方便追问被人嫌。马成功说："不去你家了，我约几个朋友到淮海大酒店，你把嫂子、侄女都带来，咱们搞个家庭聚会。"仇鹏燕不再争，说："好吧。"

小娅是下午到家的，自行车后架上绑了大半蛇皮袋子土产。小娅在楼下支好车子，将两手拢成喇叭状对五楼喊："仇镇长、李股长，下楼来拿东西……"连喊几声，惊得几家窗口探出头颅，有人打趣道："小娅，你这样行贿，仇镇长敢要吗？"其他人皆笑着缩回了脑袋。

仇鹏燕在书房隐隐听到喊声，走进厨房间，从窗口往下探看，见是张牙舞爪的小娅，不觉笑骂一声，说："马上下去。"李莉在卧室，问："怎么回事。"仇鹏燕说："小娅带什么土产回来了，在楼下鬼吵鬼叫的。"李莉哼了声道："这么大的丫头，就不能自己拎上来。"

仇鹏燕到楼下，小娅已解开了捆绑的绳子，冲仇鹏燕嘟嘴道："我说不要不要的，姑妈非叫我把花生、豆子带来。"仇鹏燕说："你姑妈的心意，拿就拿来吧。"小娅说："其实心意收下就行了，干嘛还要拿东西。"仇鹏燕笑笑，没再吭声，拎起口袋往肩上一扛，往楼梯走去。

小娅上楼后，洗了脸，仇鹏燕询问她这几天在乡下过得怎么样，姑妈的身体还好吧，等等。小娅一律报以好好好。仇鹏燕看出女儿有点不耐烦了，才没再多问。

晚上，仇鹏燕三口儿前往淮海大酒店赴宴。果然是几个老朋友家庭式聚餐，大家也就相对随和些，不是官场那套，喝酒按规矩来，说话得通过大脑滤滤能否吐出口。

宴席过程略去不叙。仇鹏燕起身上卫生间时，马成功跟了出来。马成功轻声道："年前一个饭局上，与郑美女相识，她说在双河中学做过老师，当年跟仇镇是同事，跟我要了你号码，又询问你不少情况，看来对你蛮上心的啊。"仇鹏燕道:"别乱扯闲话,做过同事,时间不长我就离开双河中学了。"马成功说:"她们公司与我有一些业务上的往来,但跟郑娜接触不多,看出她是个很能干的女人。"仇鹏燕道:"她离开双河后就没有过往来,不了解她的情况,大年初一她发信息来拜年,吓我一跳,才知是你告诉她号码的。"马成功附仇鹏燕耳朵道:"仇哥这几天失踪,不会是去找郑娜了吧。"仇鹏燕一怔,说道:"别胡扯,不能造这种谣。"马成功嘿嘿地笑起来,说:"仇哥急啥呢,我只开个玩笑。"仇鹏燕点点头道:"这样的玩笑不能开,影响极坏的。"马成功忙说:"我明白我明白。"

上班第一天,大家相互拜年、说喜话,先是镇党委班子到一个股室一个股室问候,后是股长、助理有选择地拜访镇领导,轻轻松松、客客气气、松松垮垮地过了一天。第三天,镇书记、镇长召集各村支部书记、村委会主任会议,布置村委会换届选举的前期宣传工作。热热闹闹地忙了十来天,又到周末了。

下午,一些非双河镇常住人口的工作人员陆陆续续地往家溜了,司机也有意识无意识地到仇镇办公室门外转悠,显然想问仇镇回不回县城,又不敢开口的。镇上有两辆小车子,书记专用一辆,另一辆机动,但大多归仇镇用。司机的意思,你要不回家,我就提前走了。仇鹏燕也在矛盾着,上个周末刚回家,这周末回去吗?到双河这些年了,没有这么急二赶三地回过县城。就在这时,手机响了,郑娜打来的。

郑娜问:"说话方便吗?"

仇鹏燕道:"方便。"

郑娜说:"你的老领导跟你铁吧。"

仇鹏燕嘴里打个结,道:"你说杨书记吧。"

郑娜说:"对,你们邻市的一把手市长,听表哥说,他俩在中央党校学习时住一个宿舍,处得不错,你最好找杨市长加加温。"

仇鹏燕嗫嚅道："杨书记调走那年，我跟他走动过几次，后来断了，我跟他不是一个市，就怕……"

郑娜说："怕你个头啊，自己的事还怕什么，表哥这边由我敲鼓，杨市长那边你自己看着办吧，别老是乡下人目光短浅。"

仇鹏燕道："好，我明天就去拜访他。"

郑娜哼了声，挂了电话。

仇鹏燕走出办公室，看到司机在院子里转，吩咐道："送我回县城。"

司机答应着："好呐。"乐颠颠地跑去启动轿车了。

六

新春三月，任命仇鹏燕为三河县常务副县长的文件下达。

仇鹏燕没想到命运转机如此之快，也许这就叫时来运转，挡也挡不住吧。三河县自县长年前意外身亡，县长一职由常务副县长代理，常务副县长升任县长后，空额没被七个虎视眈眈的副县长补上，却被邻县的一个镇长顶上，不用说也能想象在三河掀起了怎样一阵狂风。

三河是个比较富裕的县，尤其近几年经济飞快发展，增长点一年比一年暴增。

仇鹏燕上任后，分管城建、城管、交通、城市流动资产经营公司（号称二银行）等系统，权力挺大的。

仇鹏燕的这一切多亏郑娜的表哥和杨市长帮忙，当然追根溯源，没有郑娜的周旋，就没有他仇鹏燕的今天。郑娜那天与他通过电话后，回县城的途中，他在白龙湖水产养殖场，购买了十斤上好的大闸蟹、两只野生甲鱼，次日前往邻市拜访老领导。仇鹏燕本来不打算买这些东西的，他与多年前的老县长杨书记可以说是君子之交，没有官场的那套乱七八糟，他不但没有送过礼给杨书记，相反，不抽烟的杨书记有时会扔两条香烟给他，说："你熬夜写材料，我借花献佛送给你。"仇鹏燕做秘书时不怎么抽烟，做上办公室副主任后有了烟瘾，用他的话说："都是写稿子弄出来的坏毛病。"眼下多年不联系了，空手去看自然不好，杨夫人面前也不好看。再说，这点水产算不上行贿，属于人之常情的往来。估计杨市长责怪他几句也就罢了，不会说什么的。

周六早晨，他没与杨市长预约，驾车三百里直扑邻市的政府宿舍区。杨市长的家，他能找到。他之所以没与杨市长约，是怕杨市长官做大了不见他，毕竟多年没联系了，不如搞个突然袭击，倘若杨市长不高兴，骂就骂几句得了。

仇鹏燕来到宿舍区领导人居住的联排式两层小洋楼，摁响了杨市长家院子的门铃。保姆半推开一楼的门，探出上半身问："你找谁？"仇鹏燕说："杨市长。"保姆缩回身子，道："不在家。"仇鹏燕忙说："别关门，你告诉嫂子，就说沙河的小仇求见。"保姆没再吭声，捎上门进去了。

一会儿，门开了，杨夫人说："小仇，好些年不见你了。"仇鹏燕道："嫂子，一言难尽。"保姆紧着上前，开了院门。仇鹏燕进了院子。杨夫人道："老杨上午有个活动，中午回来。"随即扫一眼仇鹏燕手中的蒲包说："来就来，好好带什么东西，老杨会不高兴的。"仇鹏燕说："嫂子见外了，家乡的一点水产，不值得杨市长骂我。"

杨夫人笑笑说："你呀你。"吩咐保姆将蒲包拎进了厨房。

中午，杨市长回家，见到仇鹏燕略感意外，随即责骂他："这多年不来看我，今天说冒就冒出来，是不是我管不着你，就不买我账了？"仇鹏燕低着头待杨市长训完了，才说："老书记，这些年我一直没干出成绩，也没有进步，不敢见您嘛。"

杨市长有了些笑容，道："这么说现在进步了？"

仇鹏燕挠挠头，吞吞吐吐地说："没有领导赏识，哪能进得了步。"

杨市长哼了声："迂！"

午饭时，仇鹏燕陪杨市长喝了些酒，谈了此行目的，重点提到郑娜的表哥。

杨市长一直听仇鹏燕说，没做任何表态，只道："你现在酒量可以了嘛，乡镇真锻炼人啊。"仇鹏燕心里没了底，但也没有绝望，老书记毕竟没有一口拒绝他。

吃了饭，喝了茶，仇鹏燕陪杨市长下了两盘象棋，本来俩人的棋艺在伯仲间，但仇鹏燕显得心不在焉，连输两局。杨市长定定地看了仇鹏燕一眼，说："乡镇锻炼这些年，定力还差，我帮你问问，看看怎么回事。"

仇鹏燕满脸溢了笑，连说："谢谢老领导！"便起身告辞，说不耽误杨市长休息了。

杨市长也不留他，起身相送时，杨夫人拿出两条中华香烟给仇鹏燕，仇鹏燕哪敢要，忙推托。杨夫人说："春节时我侄女送的，老杨不抽烟，放这儿也被别人拿去抽了。"仇鹏燕这才接了过来。

仇鹏燕的任命下来，大大地出乎李莉意料，她觉得不是丈夫找的人是个谜，而是丈夫本身就是个谜。既然没有背景，也没花钱，鞭长莫及的老领导又没给仇鹏燕吃定心丸，仇鹏燕怎么能就当上了副处，还是有实权的常务副县长，莫非丈夫跟自己隐瞒了什么？可经济上没有大的支出，能有什么隐瞒呢？李莉不解，当然也不想去解，反正丈夫升了官，这是天大的好事，还有什么比这更重要的。

仇鹏燕有了权，两三年间干出了一些显著的政绩，得到了上级肯定。

命运之神第一次眷顾他，是他上任伊始，刚好市委市政府掀起全民创业、大力开展招商引资活动。仇鹏燕深深懂得新官上任的这把火得烧好，否则不利于将来发展。他想到了马成功，请这小子来三河投资，应该不成问题。于是他专程到苏南找经营电子产品的马成功。

仇鹏燕刚升了官，沙河的朋友就告诉了马成功，不过，马成功没有急着给仇鹏燕道喜，电话中的虚情假意说得再多，也不如专程登门为曾经的老上级而今的老朋友庆贺好。

仇鹏燕一行三人这么快南下访他，倒让马成功大为意外，他激动得一时找不着北，紧紧地拉住仇鹏燕的手，亲热得了不得，尽显商人的媚态。

仇鹏燕不与他兜圈子，开门见山地说明了来意。

马成功说："仇大县长你找我算找对了，不过我那千把万资产不值一提，我给你引见一个财神爷，他跟我有业务往来，我经营的产品大多从他那儿进的。"仇鹏燕说："你少跟我绕，具体点。"马成功说："你别急呀，天不早了，先给你接风，再慢慢说给你。"仇鹏燕说："你得了吧，不把话说清楚，龙肝凤胆我也不吃。"马成功点点头，说："你以前不是急性子啊，看来官当大了，性格也会变啊。"仇鹏燕不吭声。马成功问："朱友三你认识吧？"仇鹏燕说："他当副市长到沙河县检查工作时见过，后来他犯事了，我刚好去双河乡，只能算我认识他，他不认识我，况且我也巴结不上他。"

马成功说："朱友三现在资产估计有几个亿，你总该听说过吧。"仇鹏燕点点头又摇摇头，说："朱市长发财我听说了，但不知道有这么多。"马成功说："上个月我到他那儿进货，闲聊时提到家乡，他有心回淮黄投资的，只是面子磨不开，你要把握好，这是天赐良机，将这尊财神爷请到三河，你就开创了新的工作局面。"

仇鹏燕精神振奋了，说："马总，你是我命里的福星，走，今晚我请你。"

马成功说："仇大县长折煞小弟了，我哪能是你的福星，客更不能让你请，你这不是当面骂我嘛，以后我到三河能讨你一口饭吃就谢天谢地了。"

仇鹏燕笑骂道："瞧你这副嘴脸，我随时欢迎你到三河投资，投多投少，我都热烈欢迎，只要不违反规定，一路绿灯开道。"

马成功在这座县级市城市最高档的酒店宴请了仇鹏燕，酒后到足疗馆泡了脚，又上卡拉 OK 练歌房吼了歌。仇鹏燕酒后本来想回宾馆休息的，马成功死活拖着他，说："到我这里就得听我安排，今晚别想招商引资的事了，那是工作，现在不是上班时候，你尽想着工作，没法跟你玩了，与朱董相见，我一定帮你促使成功，但不急在这一时，待我跟他约好，我专程陪你去深圳。"

仇鹏燕几人回宾馆休息，已是深夜三时。他一觉睡到九点半才醒来，洗漱后就近十点钟了，敲敲另俩人的门，还在虎头山上打呼，也就没有惊动他们。返回卧室，拨打马成功电话，响了两声，马成功接听了，问仇县长休息好了吗，说早餐误了，中午到"风满楼"吃土菜。仇鹏燕道："我可不是到你这儿来吃得肠肥脑满的，简餐就行了。"马成功说："仇哥，刚才我跟朱董联系上了，他在新加坡参加一个洽谈会，大概一个礼拜后回深圳，你好好耍几天，他一回来，咱们就去。"

仇鹏燕道："是这样啊，我下午回去，待你定好时间，我们出发。"

七

半个月后的一天中午，仇鹏燕、招商局正副局长与马成功一行几人，从上海乘飞机，直抵深圳。朱友三在龙岗区一幢综合楼二十七层的办公室内会见了仇鹏燕一行。在赴深圳的途中，马成功已跟仇鹏燕介绍了朱友三集团公司的状况。龙岗区是朱友三起家的地方，综合楼的二十六、二十七、二十八层是朱友三集团总部，二十七层原是他在深圳站稳脚基租赁的，后来公司盘大了，他买下了上中下三层。总部是集团洽谈业务、接待宾客、研发新产品、谋求企业发展的地方。子公司、生产基地有五个，不在深圳本土，都是收购外市以电子产品为主打的企业，东莞就有他的两个工厂，一个是原乡镇企业、一个是原县大集体厂。身为董事长的朱友三与别的企业家不同，他的总部虽然聘有总经理、副总经理，下属各子企业也都聘任了总经理放手给人干，但他本人却很少待在总部，经常在外界和生产基地之间奔波。马成功曾嘲笑他活得太累，没必要事必躬亲的。

几人下了飞机，马成功与集团派来的司机接上头，直接将他们送到了总部。

朱友三对于家乡黄淮地区的常务副县长来拜访，是心存期待、激动和矛盾的，虽说自己当年不光彩地离开黄淮、离开官场，毕竟为官多年，对家乡还是热恋的。开始马成功与他商谈，仇副县长有意来拜访他，朱友三有些犹豫，他虽想回家乡投资，但并不看好三河。三河在他任副市长时期，软硬设施都比较薄弱，以他当官时的眼光看民风不算太淳朴，极易为"利"闹事，故而投资环境如何他心里没底。听说现在改善了不少，国内生产总值已大幅度跃升。可县领导班子不是他当年在官场的圈内人。朱友三那次与马成功闲聊，有心在市区投资兴建项目，原因是当年几个相处不错的属下，有的做了副市长，有的做了市直部门负责人、有的做了沙河县党政主官。遗憾的是那些人与他断了往来，朱友三不怪，他们无非是为了自己的仕途着想。朱友三觉得，如果是他们来联络招商引资，自己肯定不会有所多思虑的。现在马成功搭线三河，朱友三决定看棋落招，走一步算一步。

马成功走在前面，仇鹏燕紧随，几人乘电梯来到二十七层，电梯门刚开，恭候在电梯口的朱友三与来客一一握手。仇鹏燕很是感动，朱财神屈尊迎接，表明对家乡来人十分重视，他不由打量朱友三几眼，朱友三应该有五十七八岁了，仍未见老，中等壮实的个子仍那么精神，一双大眼睛似乎潜藏着深邃的光。

一行人穿过长长的走廊来到朱友三办公室，勤务小姐给一一落座的客人泡茶水，马成功向朱友三一一介绍来客。朱友三连说幸会幸会。仇鹏燕起身套近乎："朱市长，我在沙河时见过您。"朱友三果然有了笑容，说："你在沙河工作过，恕我眼拙，对不起对不起！"仇鹏燕道："我只是小秘书，朱市长哪能记得我。"朱友三大笑道："仇县长是批评我官僚主义吧。"气氛一下子融洽了许多。

谈话转入正题，仇鹏燕向朱友三介绍了三河近几年的飞速发展，朱友三认真听着，不时点头。末了仇鹏燕真诚地邀请朱市长回家乡走走。朱友三道："仇县长，你是家乡的官，别再喊我市长，那是老皇历了，叫我老朱就行。"仇鹏燕红了脸："说老市长、朱董事长，我……"朱友三道："仇县长，我近期一定安排个时间去三河。"

当晚，朱友三在怡景湾大酒店设宴招待仇鹏燕一行，喝的是家乡国缘酒、抽的是国缘烟，一股融融的乡情充盈在硕大的包间内，难得酒酣的朱友三，触动往事，两眼湿润了。酒桌上敲定，朱友三一周后前往三河县考察。

次日，朱友三安排接待处人员领着仇鹏燕参观了在东莞的电子器材厂。第三天上午，仇鹏燕一行乘火车返回。

仇鹏燕此行，应该说是圆满的。他向县长、县委书记做了汇报，两位主官，对朱友三并不陌生，但没有多少交情。听仇鹏燕说朱友三即将来考察，如果达成意向，一定是举足轻重的，自然十分重视，让仇鹏燕全权做好接待工作，他们一定全力配合拢住这尊财神。

与朱友三约定的日子到了，仇鹏燕亲自到南京禄口机场迎接。然而令仇鹏燕大失所望地是朱友三没有来，前来考察的是副总经理，即朱友三弟弟朱友四为首的一行四人。仇鹏燕上次见过朱友四，很能喝酒。朱友四原在黄淮一家国企做副厂长，国企改制时，恰巧朱友三在深圳发迹了，朱友四结算了一笔钱投奔哥哥。兄弟俩有什么可说的呢，朱友四入了干股，从此协助朱友三打天下。仇鹏燕当然不能将失望写在脸上，依然按照接待董事长规格，做了全程陪同。考察组对三河的投资环境比较满意，三日后送行宴会上，朱友四表示：一是对朱董事长因故未能亲临表示道歉；二是回深圳一定将考察情况向董事长做详细汇报，提请董事长早日亲临三河。

仇鹏燕送走深圳朱氏集团考察组登上飞机，就给马成功打了电话，探问马成功，是否知道朱友三怎么变卦了。马成功沉吟片刻后说："消息我知道一点，朱友三这人我接触过多次，对他为人多少知道些，自那年出过事，干啥都很谨慎。这次他没有亲自来，确有特殊情况，台商半途杀出与朱氏集团洽谈加工电子半成品业务，这是原因一。第二个原因嘛，说了仇县长可别生气，你虽然对朱董介绍了三河的投资环境、优惠政策如何如何好，但他不一定全信。他派胞弟来，是探虚实的，好让他有个回旋余地。第三，当年他毕竟是副市长，出过那样的丑闻，总得挽点面子才好回家乡显摆。所以呀，你最好趁热打铁再次南下，接待时除了县委、县政府主官，最好能让市政府分管工业的领导参加，这样，保管你引资成功。"

仇鹏燕闻听大悟，一拍自己脑瓜道："马总，这些年做生意都将你变成猴精了，你咋不早跟我通气。"

马成功开玩笑道："你仇大县长也没有给我开咨询费啊，我哪能自作多情地为你出谋划策。"

仇鹏燕说："朱友三的事办妥，有你小子好处，只要你来投资，我保证给你最底线的优惠，咱县政府绝不亏欠你这个'奸商'的人情。"

说罢两人都在手机中哈哈大笑起来。

三天后，仇鹏燕从南京登上南下的飞机。

朱友三没有想到仇鹏燕这么快又来邀请他，这次他真的被感动了。关于三河的投资环境，朱友四一回来就向他做了汇报，他思量前些天仇鹏燕对他介绍的三河状况，基本没有水分，知道这个副县长比较实在，于是安排策划部拿出个投资立项草案，准备亲自出马到三河考察。至于什么时间北上，他没有定。他酝酿，如果投资三河，要搞成什么规模的，必须将草案拿到理事会上论证。

仇鹏燕的从天而降，促使他提前拿主意了。朱友三说："仇县长，公司将在一周内拿出投资方案，我之后会前往三河，绝不食言。"仇鹏燕道："我马上回三河安排有关事宜，恭请大驾光临。"

仇鹏燕返回三河的第五天，朱友三果然领着考察组一行七人来到三河。令朱友三意外的是，黄淮市政府主官等都全程陪同他考察三河的工业园区，自然让他分外感动。市长是从外地调来的，他不认识。但副市长与他可不是一般地熟，当年他做副市长时，这个副市长是市府的副秘书长，还是他朱友三跟市长、市委书记提请调这个颇有能力的副秘书长到县里做县长的。所以说，这个副市长应该算他朱友三的人，只是他出事后，俩人再也没有联系过。

陪同考察时，副市长紧随朱友三左右，一口一个老市长，喊得朱友三特顺耳。

三河工业园区设立在一片辽阔的平原上，农田万顷，树林连片，园区内十字纵横的新水泥路与市道、省道、国道及正在施工中的高速公路相接，绘制着三河地面上的锦绣蓝图。大河通向浩渺的大湖，距工业园区不远，可谓水陆交通十分便利。

朱友三感叹着三河日新月异的变化，第二天就与三河县政府签下投资一个亿兴建江北实业电子有限责任公司的意向书。这个项目一旦建成，可解决两千人的就业问题。

招商引资的初步成功，经市报、市电视台及省级晚报宣传，尽管成绩是县委、县政府的，但仇鹏燕功不可没，褒贬争议在三河乃至黄淮市四起。不过，对仇鹏燕有利的话题相对多。故而说，他这一锤子将自己的根基砸实了不少。

八

五一国际劳动节前夕，县政府安置给仇鹏燕一套四室一厅公租房，他搬出临时租赁的房屋，将李莉和女儿仇李娅一起接到三河县，孩子安排在县中就读，李莉调入县妇联。后来他按揭买下房子，大有长居"沙家浜"之架势。

仇鹏燕的举止，令一些人很不解，许多像他这样的县处级领导都将家安在市区，再不济，也挪到贴着市区的沙河县城。对此，李莉竟然也没提异议。关于沙河的房子，仇鹏燕打算让姐姐仇春燕搬去住。他的想法是，大姐虽然在老宅子上翻盖了新房，毕竟是在乡下，再说，她六十多岁了，还长年累月地刨土，村上人会骂死他这个当官的弟弟的，所以无论如何也要让大姐进城安度晚年。李莉难得没持异议，说随他怎么处理。

一天黄昏，仇鹏燕回到汰黄堆，他驾着轿车缓缓地驶向土神庙，整日忙碌的他，差不多淡忘了养育他的小村。那天硕大的夕阳照得黄河滩金灿灿的，小村像写满了千百首生机勃勃的诗，仇鹏燕心里莫由地一动，早年颇具文学情结的他已多年没有触及过文学作品了，他萌生做一篇散文的念头，于是轻踩一下刹车，对着夕阳稍作构思，存下记忆，待回城动笔。就在这时，他看见满头霜发的大姐抱着一条小狗背着夕阳走上汰黄堆，走近苦楝树，呆呆地向县城方向望去。

仇鹏燕一愣，夕阳、小村、土神庙、苦楝树、姐姐，组成一幅绝美、凄凉、动人的画面，这哪里是无病呻吟能写出来的文章。仇鹏燕胸口一热，一踩油门，轿车蹿到大姐近前停下。仇鹏燕下了车，喊："大姐。"仇春燕以为自己在做梦，她揉了揉眼睛，说："太平，你回来啦？土地爷爷土地奶奶真灵验。"

仇鹏燕笑了，说："大姐，我这不是回来了嘛。"说罢，伸手拎拎姐姐怀中小狗的耳朵，说："大姐，这东西哪来的？你要喜欢养狗，我买一条能逗你开心的泰迪、比熊还是京巴给你，准比土狗有趣。"仇春燕说："我不要，你知道的，我历来就不喜欢养这狗儿猫儿的，养死了遭罪呢！"

仇鹏燕问："这小狗……"

姐姐脸色平淡地说："黄德贵前两天送来的，说他家母狗下了九条小狗，怕我孤单，送一条给我做伴的。我哪想养这东西呀，正打算把它放生呢。"

仇鹏燕又是一愣，半晌道："黄老师还好吧。"仇春燕说："好什么呀，多年没见，那天他抱狗来，我差点认不出来，老喽，满头白发，跟下雪似的，他比我还小两岁呐！听说他和老婆都没能'民'转上'公'，离开学校十几年了，前两年一把年纪了还跑南边打工，说儿女们生活不易，他得靠自己养活老两口，唉——人这一辈子图的什么呀！听他说去年得了坏病，没多少活日了，你有空去看看他。"

仇鹏燕黯然地点点头，心说，黄老师对我恩重如山，我怎么就一直没去看看黄老师？难道我的心真被狗吃了？我在逃避什么？我并没有逃避什么呀！黄老师一直存在我心里啊，十几年前我人微言轻，帮不上他什么的。仇鹏燕掏出一支香烟吸上，说："我抽空去看看他。"

然而直到半年后黄德贵静静地死在黄河村，仇鹏燕也没能去看看前姐夫。欣慰的是他回三河县城的第二天就给黄德贵汇去一万块钱，同时写了一封信，让黄老师安心治病，有什么困难尽管找他。不久黄德贵回了信，说："谢谢鹏燕还记着我，病我就不看了，这病花再多的钱也是扔下水，你的钱我收下，算是我借来还别人债的，我这辈子还不了你，儿女们也必须还。"又说："你大姐这辈子不易，一定要照顾好你大姐。"仇鹏燕知道黄德贵犟，不然早找他了。他没再去信说不要还钱之类的话，既然给了黄家的钱岂能要他们还。不久他给黄德贵家里办了低保。黄德贵死后，仇鹏燕委托秘书到沙河县协调，以村里土地被划进县开发区征用了黄家责任田为由头，帮黄德贵的儿子解决了工作。仇鹏燕知道，黄老师活着绝对不会同意他开这后门的，因为开发区圈地不像曾经的征用土地单位依据政策招工，仅相应地给付村与农户一点土地及青苗赔偿金。

仇鹏燕抚摸一下小狗，随姐姐下了汰黄堆。进屋后，仇鹏燕说："大姐，我和李莉都调离沙河了，上次打电话给你，就是叫你把家里安排好进城的。"仇春燕摇摇头，说："我哪也不去，我不能将仇家撂了。"仇鹏燕不吭声了，默守着大姐一会，说："大姐，你怎么也这么犟啊，我是抽时间回来接你的。"仇春燕说："住家里还不一样，自你装了电话，随时都能联系，住城里人生地不熟的，哪有村里好？"

仇鹏燕沉思片刻，点头道："大姐说的也是实情，要不这样吧，房子随你什么时候去住，反正给大姐留着。"说罢将钥匙塞进大姐的衣袋，拍一下小狗的头就要走。仇春燕点点头，道："屁股还没挨着板凳就走啊？"仇鹏燕说："大姐，我晚上有个活动，本不想参加的，你不跟我去，我就不在这里耽误了。"

仇春燕"哦"了声，她知道弟弟官做大了，比以前更忙了，也就不好多说什么。她看着弟弟匆匆走上汰黄堆钻进小车，眼睛湿润了。仇春燕放下小狗，擤了把带泪的鼻涕，抹到鞋帮子上。小狗围着仇春燕的脚边转一圈，伸出红红的舌头舔了舔仇春燕的鞋帮。

仇春燕好多年没有进过城，但弟弟及侄女小娅一直装在她心里，弟媳妇只在她心里闪电似的出现过。她虽好久没见过弟弟，不过并不是和弟弟中断了联系，以往逢年过节弟弟都是将电话打到已退下来的老支书家，请老支书家里人喊她来接电话的。故而弟弟的动向她基本还是知道的。去年中秋节，她在老支书家电话机旁守候了好久，没有等来弟弟的电话，她跟老支书讲太平肯定太忙。老支书说："不就是镇长嘛，能忙上天去，你干脆打给太平吧。"仇春燕不肯，说太平不忙会打来的，自己也没什么事，不去打扰他。那样子怪可怜的。老支书说："这太平也真是的，自己一家三口子不回家过年，也该把你接进城啊。"仇春燕笑了："不怪太平，小弟每次都叫我去的，可他在双河镇，我去县城干什么呢，再说我也不想待在那笼子里，闷死人的。"

中秋节过后，仇鹏燕给姐姐安装了电话，他没有跟姐姐解释中秋节为什么没打电话，只说以后和大姐联系方便多了，不能老麻烦人家老支书。仇春燕怪他瞎花钱。仇鹏燕说："现在装电话跟白送差不多，以前要给你装，你老说贵，用不着，我来家少，你又不肯进城，抓不着天，摸不着地的，我哪能放心。"仇春燕才不吭声了。

仇春燕想不想进城呢？想，不过那已是遥远的梦。她与黄德贵结婚前后，黄德贵说："小太平念书虽然迟，但挺有天赋的，将来靠文吃饭不成问题。"仇春燕自然高兴，说："那敢情好，能像你做教书先生，比捧牛屁股高强多了。"黄德贵轻拧着她的鼻尖说："就这点志向啊，我意思他以后能到城里吃公家饭。"仇春燕笑了，说："你替小弟做大头梦吧，城里知青都下放到农村，哪有农村识字人跑城里吃公家饭的。"黄德贵摇摇头说："那倒不一定，我那年不是差两分就上中专了。"仇春燕若有所思地说："现在不是不兴考学了吗？"黄德贵不吭声了，这事他也闹不明白的。仇春燕当时虽没有进城的梦，但希望弟弟日后能进城的种子埋在了心间。后来仇鹏燕考上大学，仇春燕乐坏了，她想象着小太平成了公家人，住上城里宿舍，娶个城里姑娘，生几个城里伢子，她也算熬出了头，不负她将巴掌大的弟弟抚养成人的多年艰辛。她那时干什么呢，她肯定被弟弟、弟媳妇接进城，和他们住一起，帮他们带孩子，让他们夫妻俩安心地工作，一家人和和美美地过日子，那多风光啊。仇春燕有时连做梦都笑醒了。然而小太平偏偏分到了离家很远的乡村学校，这是仇春燕始料不及的。不过，她马上又释然了。乡下就乡下，那时她的理想，只要弟弟能调到汰黄堆中学，在学校找个女教师结婚，将家安在汰黄堆，仇家也一样风光，弟弟一家属乡下的城里人。仇鹏燕和李莉结婚，仇春燕虽然高兴，但并没有看好这桩姻缘。不过，她的梦被彻底粉碎，除了那次被李莉挡在门外，后来又遭受了一次更加致命的一击。

那年农历春三月小娅出生时，仇春燕听村干部转告，说仇鹏燕电话中叫她去侍候李莉坐月子。仇春燕高兴坏了，仇家有后代了！她把对李莉的怨一下子抛到了云外。仇春燕从鸡圈里逮了四只老母鸡装蛇皮袋里，折身到王三毛子家，对三毛子母亲说："王大婶，我弟媳生了，我去看看，要是一时半会赶不回来，请大婶帮我喂喂猪和鸡子。"王大婶说："你去吧，帮你照应个十天半月的都没问题。"仇春燕道声谢，匆匆地上了汰黄堆，此时她特恨自己当初没跟黄德贵学骑自行车，不然就可以早点赶进城。

仇春燕来到县医院已晌午了，仇鹏燕正在喂李莉吃饭。仇春燕将喔喔鸣叫的母鸡放在产后住院的病房门外，洋溢着满面的春风要看看孩子。仇鹏燕喊声："大姐！"李莉也喊声大姐。仇春燕连答应两声，问："伢子呢？"仇春燕不懂孩子刚出生放在育婴室，连问男的女的，叫弟弟带她去看看。仇鹏燕说："是女儿。"仇春燕说："闺娘好，弟妹是先开花后结果，第二胎就生男的了。"仇鹏燕苦了脸，全国计划生育一盘棋，别说机关干部，就是在农村想生二胎又谈何容易，大姐好像生活在世外桃源似的。仇春燕随仇鹏燕出了门，说："仇家就你这么一条根，以后一定要生个男的，村里好多人家被扒了房子都还生二胎。"仇鹏燕请值班护士抱来孩子。仇春燕接过小猫一般大的侄女笑了，说："这么丑啊。"护士看看伸出红舌头要舔东西的婴儿，笑了，说："阿姨您不知道么，孩子一生下来都这样，满月就好看了，几个月就漂亮了。"仇春燕听护士这么说，心里一黯，她不是没看过月子里孩子，小太平刚生下来她不仅见过还天天抱呢，她是没话找话才唠叨几句的。仇鹏燕忙岔开话头，叫护士把孩子抱走。

仇春燕整个下午都乐呵呵的，见到什么都阳光灿烂。傍晚开饭前，仇春燕拎水瓶去打开水，返回至门外时，做梦也没想到李莉正对仇鹏燕发火："不叫你大姐来，你非叫她来，这么大岁数的人连句人话都不会说，我是你家猪还是狗，嫌我生个女的，还叫我再养一个，姓仇的，告诉你，要生叫她自己生去，甭指望我再怀二胎。"仇鹏燕压着嗓门道："李莉同志，请你小声点好不好，你刚生孩子我不跟你吵架。"李莉说："你没空侍候我，叫我妈来，你大姐不讲卫生，我哪放心要她照顾。"仇鹏燕说："你妈不是不肯来嘛，她说一代管一代，甭说闺女替仇家生小孩，就是儿媳妇替李家生她也不问的，这些话她说过多次，你也不是不知道，我还能没脸没皮地再去求她。"李莉哭了，说："没一个好东西。"

站在门外的仇春燕傻了，李莉的每句话都像刀子划开她的心脏，将旧疤撕割得血淋淋的。她后半辈子的悲剧，不就是因为没能替黄德贵生个一男半女，才被年迈的公婆跪着逼她离婚，而多年来她连真相都没敢告诉黄德贵。为这事，她背后不知流过多少泪，有时痛苦得差点将手指咬烂了。李莉说这样没人性的话，还是人吗？仇春燕张了张嘴没敢哭出来，罢了罢了，她悄悄地退回七八步远，竭力地将气顺平，才一路大声说："小弟，我手没劲了，帮我把水瓶接一下。"屋里噔了声，仇鹏燕堆着难看的笑脸出来，接过水瓶。仇春燕进了屋，说："小弟、弟妹，瞧我这记性，上午匆匆忙忙来，鸡圈门没关，猪也没喂，我得赶紧回去。"李莉挤出一丝笑道："这么急着走啊，我还指望大姐陪我几天呢。"仇鹏燕没想到李莉挺会演戏的，于是也对仇春燕说："大姐，天快黑了，明天回去吧。"仇春燕摇摇头，扭身出了门。仇春燕不敢耽搁了，她怕再待会儿，会哭出声来。

仇春燕出了医院，仇鹏燕追了出来，说借摩托车送她。仇春燕拒绝了，说："你好好保重身体，李莉月子里身子虚，你要多多地照顾她。"说罢，快步往沙河大桥方向走去。仇春燕离开弟弟没几步，泪就下来了，她恨恨地想，李莉这性格，弟弟能过得好吗？这成了她的一个心结。

是的，是心结。后来的岁月，仇春燕觉得弟弟一定受李莉的窝囊气，不过她又隐约感到李莉也没能完全控制住弟弟，否则弟弟不会按月寄钱给她。所以她认为弟弟尽管生活未必顺心，但不至于受罪。仇春燕深深地叹口气，只要弟弟不受罪，自己就永远不去打搅他们。这样，从那年起，仇春燕一直身在汰黄堆，却将心放飞在城里，孤寂地关注着弟弟的冷暖温热，直至多年后知道弟弟当了大官，才彻底放心，才明白李莉是不敢随随便便欺负弟弟的。

仇春燕抱着小狗走到家，盛点稀饭喂它。小狗伸出红红的舌头舔着碗，仇春燕忽然发觉小狗变成了幼时的小太平，伸手就去抱，不料小狗尖锐地叫起来，小太平的影像又消失了。仇春燕怅然若失，小太平用不着姐姐疼爱了。

九

三个月后，江北电子有限责任公司奠基那天，黄淮市委、市政府主要领导亲临现场，省、市新闻媒体蜂拥而至，活动搞得热火朝天。仇鹏燕虽然不是这次活动的主角，确也出了几次镜，说了几句话，很让他风光了一番。

随着电子有限公司的筹建，仇鹏燕与朱友三成了无话不谈的哥们。朱友三挺敬重仇鹏燕的为人，说他做生意以来，跟各种各样的人打过交道，鹏燕是位廉洁的官员。朱友三说："电子公司筹建上马后，由朱友四担当副董事长兼总经理，希望仇县长对待朱友四像对待他朱友三一样，扶助企业良性发展。"仇鹏燕道："这一点请董事长放心，我一定全力支持朱总发展企业。"

仇鹏燕工作出成效，真算天助。不久，他命中的又一个福星降临了。

仲秋的一天，仇鹏燕难得清闲，晚上决定回家和妻女吃顿饭。谁知快下班时办公室来了位不速之客。谁呢？竟是五年多没有露过面的梁艳。

20世纪末的金秋十月，梁艳被聘任为刚组建的县招商局副局长。为将外地凤凰引到沙河县投资，她与招商局一班人天南海北地跑了大半年，客商没引来什么，但大小老板们认识了不少。这也是一种成就，谁知后院起火了，做了县政府行政科副科长的马小非，包养了小情人，听说是个刚毕业尚未就业的女大学生。梁艳一时接受不了这个事实，当初俩人恋爱谈得惊天动地，特别是她与仇鹏燕一段插曲后，马小非口口声声地表白，说要疼爱她一辈子，现在倒好，就因为她没精力过问小家，马小非就来这么一招。梁艳自然不依不饶，不过她没与马小非当众撕破脸皮，只是悄没声地办理了离婚手续。儿子被马家老两口子争给了马小非，她从此成了女光棍。这些情况都是李莉在电话中告诉远在双河镇的仇鹏燕的。不久的一天深夜，仇鹏燕接到梁艳电话，说她辞了公职，朋友介绍她到南方的江东大发房地产开发有限责任公司谋了份差。仇鹏燕第二天赶回县城，与李莉一道去劝说她别砸了铁饭碗，她没有听从，一去没了音信。

仇鹏燕看着素面优雅、风韵犹存的梁艳，女人味比前几年足多了，惊诧不已，心说生意场果然非同一般啊。他忙给梁艳倒茶，说："哎呀老同学，哪阵风把你吹来了！"梁艳满脸溢着职业的笑容道："怎么，不欢迎啊！"仇鹏燕说："请还请不到呢，热烈欢迎。"梁艳说："一肚子鬼话，混成官油子了。"仇鹏燕说："天地良心，我真打算跟你联系打听你们开发公司状况的。"梁艳抑着声量笑了，笑得很风尘，说："敢情你是联系公司，不是跟我联系噢。"仇鹏燕被她笑得发急，说："梁艳，你真狗咬吕洞宾了，我意思，如果你们公司实力强，欢迎贵公司到三河开发房地产，也算是对我工作的支持。如果实力不济，是个皮包公司，就把你关系转到三河来，别的不敢说，安排个工作不成问题。"

梁艳不笑了，一本正经地说："鹏燕，谢谢你，这事可以从长计议，说不定哪天我会拜在你门下的。但我今天来，是想请你吃顿饭，就咱俩，没别的事，不知你赏不赏脸？"

仇鹏燕犹豫片刻同意了，他打个电话给李莉，说："晚上有客，不回去吃饭了。"李莉有点不高兴，说："你说好回来的，怎么又不回来了。"

末了叫他少喝点酒，她知道再多说，也没意义，丈夫地位特殊，忙起来不回家是正常现象。

梁艳驾车来的，他俩直接到了三河宾馆餐厅，两人对饮了一瓶茅台，又开了一瓶干红。酒后，梁艳邀仇鹏燕到楼上开的房坐坐。仇鹏燕推托，醉眼蒙眬的梁艳拉着仇鹏燕说："今晚光顾叙旧了，还有重要事没跟仇县长汇报呢。"仇鹏燕疑惑，说："你不是没别的事吗？"梁艳道："我不这么说，你不来我多尴尬。"仇鹏燕笑了，说："想不到你也玩心眼了。"只好跟梁艳上楼。

房间挺温馨的。仇鹏燕坐下，喝着梁艳泡的茶，听梁艳要说什么。"我们公司获悉，三河将在城东盘下的储备地上开发楼盘，现在尚未招标，王董事长派我跟你联系，你能助我一臂之力吗？"仇鹏燕刮一下她的鼻子，说："你离开淮黄几年，不知三河的风雨了。"梁艳不吭声，洗耳恭听。

仇鹏燕说："那块地处在城郊接合部，是块不肥但绝对有潜力开发的地段，前任县长圈存储备地时，因补偿问题与老百姓闹得不可收场，连公检法武警都动用上了，好在事态得到平息。现在不少开发商都盯上了这块地皮，可谓八仙过海各显神通，书记、县长及各个副职都有神道道、毛毛窍，所以虽没有招标，却都拧上了劲，我知道一些公司是虚的，他们想通过关系花血本盘下地块，再玩空手道，套银行和购房户的钱开发。我准备打听你们公司，就是想看你们公司是否具备实力，好寻一个相对公平的解决方案，不至于给三河房地产开发留下后患。"

仇鹏燕平了平气，又说："前些日子，我招来朱友三，表面上很风光，其实县里头头脑脑对我不舒服的多着呢，我不能不夹着尾巴观风向。"梁艳点点头："原来是这样子呀，下午我在沙河碰到马成功，他跟王董也认识，我们公司他知道些，所以实力我不想跟你瞎吹，你可以问问他。鹏燕，要不这样，只要你这个分管县长不给我们设坎子，我帮你们盘大盘活三河房地产业，又不给你带来被动，你看怎么样？"仇鹏燕沉默良久说："既然你出面，我怎么可能对你设坎子，只要贵公司确实能拉动我县经济增长，促进房地产良性发展，又不让我违背原则，我会全力支持你工作的。"

梁艳开心地笑了，连说："我现在就要你全力工作。"仇鹏燕看看表，慌了，说："十二点钟了，我得赶快回去。"梁艳苦了脸，说："李莉对你不错吧，听说她对你大姐一直不行，我真后悔当初离开你，其实多少年来我从没有忘了你。"仇鹏燕感动了，说："我夹在李莉和大姐之间，李莉对我是不错，所以我才很为难，你可能不知道，多年来我一直没能照顾好大姐，不是人呐。"

半个月后的一天下午，梁艳拨打仇鹏燕的手机，请他下班后到三河宾馆。仇鹏燕说："有个招商引资项目晚上宴请客人，能不能不去。"梁艳撒娇道："你搞你的，我在宾馆等你。"仇鹏燕说："好好，我尽量。"夜十时许，仇鹏燕到了梁艳那里。梁艳对仇鹏燕媚媚地说："鹏燕，告诉你个喜事，王董事长资助我在黄淮市区买了一套别墅，我一时用不着，想来想去还是借给你住，随你什么时候还。"说罢，从包里掏出一串钥匙，又拿出一份借住别墅的协议，道："你签个字。"

仇鹏燕像遭到恐吓似的推开梁艳说："这可不行。"

梁艳说："傻了你，有什么不行，我的房子借给你，也不是王氏公司的产权白送给你，你怕什么？"仇鹏燕说："反正不妥。"梁艳说："妥。"随即撒娇装痴地缠住仇鹏燕，说："等我没了出路，这里就算咱俩藏梦的温柔乡，也是一个退路啊，你总不能让这别墅白白地养黄鼠大仙吧。我留一把钥匙，房子归你了。"

仇鹏燕捏着钥匙，几次放茶几上，又轻轻捏起，说："你这次来就是借房子给我的？"梁艳笑而不答。仇鹏燕又说："昨天县委召开了扩大会议，专题讨论了城东房地产开发的相关事情，大家基本达成共识，公开招标。"

梁艳说："我耳闻了，我来就是让你透个底的。"

仇鹏燕说："这个底我不能透。"

梁艳笑了，说："随你，你可以装聋作哑，但不能坏我们的事。"

仇鹏燕点点头，说："明白了，既然有人给你们透底，我也不妨告诉你，让你到王董那儿捞一功。"

梁艳叹口气，说："你在官场磨炼这么久了，还书呆子气。"

十

　　仇春燕将那条小狗喂养了一个多月后，决定将它放生，因为她从未养过狗，害怕小狗死在她手上，那就造孽了。有次她把小狗抱到几里外的邻村撂人家门口，可小狗当晚就摸了回来。连扔几次都这样，最后一次她大清早将小狗抱到汰黄堆集镇上一家饭店门外丢下，可当天下午小狗又摸了回来，绕着仇春燕脚前脚后啼叫，将她的心彻底啼唤软了，不由叹道，看来命里注定与这条狗有缘！她决定从此喂养它，生死由命了。狗呢，寸步不离她，仇春燕下田它跟着下田，仇春燕赶集它跟赶集，仇春燕到邻居家串门它跟着串门，成了仇春燕甩不掉的小尾巴。仇春燕也渐渐对小狗产生了感情，天长日久，看着一天天长大的小狗，竟离不开眼了。这样，年老的仇春燕与狗行走在汰黄堆上下成了小村的一道风景。

　　日子就这么平平淡淡地过，仇春燕多年来一直自食其力地生活在汰黄堆乡野上。她的责任田不多，大约一亩，耕耘、施肥、收获，基本是她一人忙。说劳累也不算太累。当然了，壮年时这点地对她不算什么，就是农忙时也不请帮工，她将麦子或稻子割下来，花点柴油费请庄上拖拉机手运回家，脱粒与王大、王二家相互搭帮做。庄上人家大多都是这样的。年老了，仇春燕感到精力一天天不济，但农活还做得来。仇鹏燕依然如常地寄生活费，可她很少用这钱，她种的蔬菜、养鸡鸭下的蛋，总能换点零花钱的。

　　日常，仇春燕喜欢泡电视，三四个频道轮流换着看，逮到顺眼的，就一口气看到底。这台黑白电视机，是仇鹏燕任双河乡乡长时给姐姐买的。那时黑白电视普及，不过彩电也开始进入寻常百姓家了。按仇鹏燕本意，想给大姐买一台彩电的，可仇春燕不同意，说黑白一样看，也少花钱。仇鹏燕也就没再坚持，那时他的工资不高，支出两三千块钱，对他来说不算小数目，就必须跟李莉商量，让她出钱。而李莉未必同意掏这钱的，倘若硬买，就可能扩大俩人的矛盾。与其这样，就不如买黑白了。

　　一天晚上，仇春燕看黄淮电视频道播放的新闻时，看到了弟弟仇鹏燕，当时她的眼睛就直了，小弟真是干大事的，面对那么多人讲话，把仇春燕兴奋得不得了。新闻一结束，仇春燕就跑到王大、王二家告诉王大婶、王二婶及王三毛子，我弟弟上电视了。王氏妯娌俩比仇春燕大几岁，自然稀奇了一番。王三毛子倒没奇怪，说："你弟弟当大官了，上电视的机会多着呢。"仇春燕想想也对，新闻上还不多数讲当官的干这干那的，有时连喝酒都播放。话虽如此，她返回家，仍照着电话机旁写着的仇鹏燕手机号码，拨打过去，与弟弟唠唠叨叨了一番。弟弟好像在酒店，嘈嘈杂杂的。第二天，仇春燕又跟庄上的人说昨晚在电视上看到了小弟，跟很多人说话呢。其实庄上不少人都看到了江北电子公司奠基的那一幕，大伙便顺着仇春燕说了很多奉承话。仇春燕自然愈加高兴，为自己有这么个有本事的弟弟而自豪。也就是从那时开始，每晚收看黄淮市电视台的新闻成了仇春燕的功课。

　　然而连续多日，仇春燕没能再见到弟弟上电视，心里不由失落。可失落归失落，仇春燕不好为这事打电话问弟弟的，她不是糊涂人，被人知道为这事问弟弟，会让人笑掉牙的。

仇春燕取出城里房子钥匙，顺过来倒过去看。岁月如梦，沙苑小区，她还是在弟弟与李莉结婚那年的中秋节住过一晚，后来连门也没能进去，屋内什么布局，早淡出记忆了。仇春燕有时也想去住一两晚的，感受感受城里人的生活，可随即打消了念头，满小区没一个认识的人，她一个乡下孤老婆子住哪儿干吗，想显摆村里也没有观众去参观的。

如此说来，仇春燕觉得城里那房子就没有意思了。

第二天上午，仇春燕和小狗走上村道溜达。不是农忙，庄上闲人多，一群男女与仇春燕打招呼，一中年妇人问："仇大姐，你弟弟最近没回来看你。"仇春燕溢着笑说："太平整天忙大事呢。"村人便七嘴八舌地说："你家仇县长真了不得，小村几百年才出这么个大官。"绰号刘歪嘴的（已故厨子刘三爷儿子）嬉笑着走上前，拍下仇春燕脚后的狗头，开玩笑道："这狗比仇县长小时候还缠着他姐姐，真是忠心啊！"仇春燕抱起小狗甜甜地笑着，浑浊的双眼盯着小狗，突然滚下泪来。

仇春燕的落泪，将村人吓得不敢吭声了，一个老头伸手扯住刘歪嘴的耳朵骂："你这狗嘴里哪天能吐出象牙就不亏刘老三白养你这么大了。"

就在同一天晚上，不识几个大字的仇春燕，将小狗四腿连同狗嘴捆扎好，在狗肚子上用火钳子烙下了很不规则的"太平"两字，把她对弟弟的爱化为魂魄，扎入狗的骨髓。

仇春燕第二次在电视上见到弟弟，是仇鹏燕与市、县主要领导班子及江东大发房地产开发有限责任公司王国富董事长在三河城东豪华小区奠基典礼上，市领导说该小区在黄淮市是大手笔的创举。弟弟紧随市领导忙前忙后，一看就知道是个管事的。仇春燕心里那股甜呐，比喝蜜强多了。

不过仇春燕这次没打电话给弟弟，电视上见了弟弟，和跟弟弟见了面是一个样的，弟弟那么忙，打扰他干嘛？

仇鹏燕因分管的事务多，尤其为了出政绩，将大量的精力投放在招商引资上，根本就顾不上过问生活在乡下的大姐了，故而他好长时间没回汰黄堆，也很少打电话回家，好像把大姐忘记了。但仇春燕不怪罪，太平是做大干部的人，哪能跟村里那些整天守着麻将的闲人相比。逢上礼拜天，仇春燕偶尔会打个电话给弟弟，仇鹏燕好像连休息日也不闲着，电话中以抱歉的口吻责骂自己怎长时间没给大姐打电话，得空一定回家看大姐。仇春燕说："你工作忙，我要你看什么，我一切都好，你安心工作。"随即又问问小娅、李莉的情况，得知他们三口子都好，仇春燕就十分高兴，她感到生活中各事都满意、都充满阳光。当然了，如果说还有不顺心的话，就是弟弟和李莉没能生个儿子为仇家传宗接代，这是比什么都遗憾的。

时间过得真快，转眼仇鹏燕到三河三年了，仇春燕的小狗早长成了威猛的灰黑色大狗，每天坚守着仇春燕，看护着家园。这条狗很聪明，有几次盗狗贼下药逮它，都被它识破，追得狗贼魂飞魄散。

旧历年底又逼近了，送灶那天早晨，仇春燕依照往年的风俗，将头天在汰黄堆折下的小松枝、小柏枝分插在瓶子里，摆放到正堂的老油柜上，端出花生，轻轻掰开口子一只一只夹上松柏叶片，不一会，松柏枝叶变成了满天的繁星。她又拿红纸裁下两片，剪出"囍"字和"喜鹊登枝"的纸图片，年味就溢出来了。

仇春燕满意地笑了笑，嘀咕道："弟弟一家三口要是过年回来住一晚我心就全了。"仇春燕刚要往外走，两腿一软，栽倒，随即又爬起。她没当回事，骂声自己老了，不中用了。

歇了会儿，仇春燕走上汰黄堆，给土地爷爷、土地奶奶上一炷香，祈祷弟弟一家平平安安。土神庙是前年庄上两个暴发户出资盖的。庙不大，青砖灰瓦，十余平方米，土地爷爷、土地奶奶是新塑的泥胎金身像，比常人小一些。老辈人说，庙比原来的漂亮，塑像比原来的好看，简直就是一些演员的翻版。不过，土神庙自盖好后，还没有发生显灵的事，据说，早年的老庙灵验着呢，庄上几户人家的年轻妇人不生育，都是偷了神台的砖头才怀了孕，生的全是男孩子，乳名一律叫砖子或砖头。孩子满月后，妇人再抱着孩子偷偷地还了具有仙气的砖块。

仇春燕想，不开怀的妇人摸了庙里神台的砖头显灵，开过怀的再摸不知管不管。仇春燕想，当年土地爷爷、土地奶奶及神台被庄人拆掉了，不然自己也该试试，保不准也能再开怀的，那样子家就不会散了。由自己，她想到了李莉，想到李莉，仇春燕不觉嘲骂自己老糊涂了，李莉不是不再开怀，她是按照国家计划生育规定不允许生二胎的，这跟自己完全是两码子事。

腊月二十八，小娅遵父命，送来了一大包年货。

除夕仇鹏燕打来问候电话。

春节，仇春燕依然是一个人过的。

开春三月的一天早晨，仇春燕感到胸口像有什么东西堵着，这是从未有过的现象，她有点慌，但没去惊动弟弟，而是到村医务室看看。小吴先生（老吴医生的儿子）搭了她的脉，又用听筒听听，建议她到县医院查查。她笑笑，说："没大事就好，我个乡下老婆子，命贱，哪能见着见不着就去大医院。"小吴先生开了些药给她，叫她多休息，说："你年纪大了，又有个当官的弟弟，干嘛还刨那地。"仇春燕点点头，说："可不是，小弟早叫我进城享福的，可我劳碌惯了，怕闲出病来。"

小吴先生说："仇大姐是猫命，贱，但能长寿。"

十一

　　盛夏，黄淮市官场发生了九级地震，市委主官被双规，经纪委核查出来的消息，全市二百余县处级干部与该主官存在着不清不白的经济关系，正处职仅三人没有问题，副处职没有问题的也不多，仇鹏燕算是清白中的一个。

　　黄淮可以说处在"黑云压城城欲摧"的阵势中，很多为官者惶惶不可终日。小城人见面，习惯性话题变成了：某某进去了，问题不小；某某谈过话又出来了，问题不大；找某某谈话了吗？某某某紧张得不敢去上班；某某某被吓出病来住院了，某某被监视居住了；你知某某某情况吗，某某交代了。等等，不一而足，平民小吏大多是这样的话题，为官者则讳莫如深，大多失去了往日的风光。

　　仇鹏燕没有这样的压力，但他也不敢流露出高兴，从而显示自己的处污泥而不染，这是官场之大忌。

　　那天晚上，仇鹏燕回家，吃饭时，李莉不时地看他，显然有话想问，却又不好说出口。夫妻俩自到三河后，关系融洽了不少，大面子上给人的感觉是一对恩爱夫妻，事实上骨子里也没有了往日的矛盾。李莉在妇联上班，相对清闲，一些可有可无的活动，她基本不参加，一把手也不勉强，常务副县长的夫人，好歹都得顺从她一些的。这样，李莉照顾家

193

里的时间就相对多些。不过，自小娅上大学后，两口之家就没什么可忙了，仇鹏燕在外应酬多，大多半夜才归。

仇鹏燕回望李莉一眼，说："你这么看我，挺叫人毛骨悚然的，有什么话就说吧。"李莉一本正经地说："你不会有事吧？"

仇鹏燕沉吟一下道："你是希望我有事呢？还是不希望我有事？"

李莉从牙缝挤出两个字："屁话。"

仇鹏燕道："我不是那个圈子里的人，撇开我为三河人民做了不少实事不说，起码我没往家里贪一分不义之财吧。"

李莉点点头，表示认同仇鹏燕的话，仇鹏燕确实没往家里拿过除正常收入之外的钱财，也禁止李莉接受跟他有关联的任何外财。

仇鹏燕说："所以我怎么可能有事？如果上级找我谈话，也应该跟工作有关。"

李莉道："你意思市里出了这么大的事，你有提拔的希望？"

仇鹏燕说："我可没有这样说，那是上级领导考虑的事。"

李莉"哼"了声，不再说话。

夫妻俩难得地坐一块看会儿电视，仇鹏燕才进书房。

事实上仇鹏燕的思绪也很纷乱，他想看会儿书，可看不进去，满脑飞舞的都是黄淮官场近日发生的事，市长虽然临时主持全面工作，但人心不稳，上下都无心上班，平时牛皮哄哄的各方诸侯，都担心自己什么时候被请去喝茶。

仇鹏燕扔下书时，马成功的电话打来了，说："仇哥，忙什么呢？我刚到沙河，明晚邀俩朋友聚聚，你过来吧。"仇鹏燕沉吟一下道："你来三河吧。"马成功说："仇哥跟我客气啥，我不能去三河是有原因的，你来就知道了。"仇鹏燕"哼"了声道："你小子跟我卖起关子来了，好，明晚见。"

第二天晚，仇鹏燕跟李莉说去沙河。没惊动其他人，让司机送到了"帝皇"大酒店。他叫司机回去，明早七点到沙苑小区接他。司机也是沙河人，喏喏几声驾车走了。

　　仇鹏燕走进包厢，才知马成功所说的朋友是王国富、朱友四，作陪的是马成功的那个能喝酒的小女秘，心里不由发堵，好你个马成功，朱友四、王国富在我地盘上，搞得这么神神秘秘干吗，莫非想耍什么鬼花招。

　　堵归堵，以他的修养自然不会说出口的，几人寒暄几句，分宾主坐下，就端起了酒杯。几杯酒下去，女秘跟三位爷各推了一碗烧酒，借故上洗手间避开他们说话。朱友四凑近仇鹏燕道："仇县，来沙河是我的主意，特殊时期，尽量避人一点耳目，黄淮出大事，三哥不放心，让我跟仇县摸摸底，不会影响我们企业发展吧。"仇鹏燕没有急于开口，思索一会儿道："一码归一码，如果县里人事上出了问题，跟你搞企业没关系。再说了，县里两位主官只是去说明情况，属于正常的工作汇报，大伙别瞎猜测。"朱友四点点头说："三哥委托我问好仇县，只要贵县对我们的优惠政策不变就行了，为投资江北电子有限责任公司，我们集团可是倾注了血本的，虽说运转正常，毕竟没有收回成本。"仇鹏燕道："我明白，朱总担忧很正常，不过请放心，政府落实的事，不会随意变化的，这点，朱董事长最应该知道。"朱友四道："那是那是，董事长屡次嘱咐我，企业与政府要紧密搞好关系，我们不是国企，他们好歹由国家兜着。"

　　王国富搭话了："朱总，同是民企，我可没像朱董担忧这担忧那的。"

　　朱友四摇头道："我们实业跟你不同，你们讨政策的巧多，套取银行、购房户钱款，特别是各级政府搞的大都是土地财政，把你们当爷还供不及，换了谁主政，你都是爷。"

　　王国富说："朱总的话偏了偏了，政府是我的爷，银行和老百姓是我们企业的衣食父母，绝不像你说的这个样。不过，我搞房地产坚守一点，绝不与政府发生债权债务麻烦，大家各有所需，共同发展，全力提升城市品位，让民众生活得有幸福感。"

仇鹏燕点头道："王董说得好，我们发展的目标，就是要让民众有幸福感。"

马成功一直盯着几人看，这时插了一句："王董越说越政治化了，咱们不谈政治，来来来，喝酒喝酒，同干三杯。"

朱友四端起酒杯，冲王国富嘲讽地笑笑，没说话。

王国富嘿嘿着，也端起酒杯，说："发展是硬道理，如果有不对劲的地方，我们公司会及时予以调整的。"

马成功说："传闻市委新书记快来上任了，听说是省里派下来的。"

仇鹏燕道："小道消息吧，县里还没有接到这个通知。"

王国富道："管他谁来当书记，这是仇县他们当官关心的事，来来来，喝酒喝酒。"

席散，几人出了酒店，王国富、朱友四先行一步，说回三河。马成功叫女秘书驾车，送仇鹏燕回沙苑小区。仇鹏燕摇摇手说："算了，几步路，一会就到家了。"马成功也不勉强，与小秘书绝尘而去。

仇鹏燕决定回小区看看，房屋空置几年，不知脏成什么样子了。仇鹏燕莫由地感叹道，大姐不愿来住，唉——真不知该说什么好。仇鹏燕抬腿没走几步，梁艳的电话打来了。梁艳问："鹏燕，散了吧，到哪了，我去接你。"仇鹏燕说："你在沙河？怎么没来酒店。"梁艳答非所问道："我还能不知道你的行踪，好多天你也不来别墅，想死我了，今晚咱俩好好地放松放松，别想官场上的那些破事了。"仇鹏燕心里一热，说了自己所在的地点。

谁也想不到，仇鹏燕没有在官场风波中出问题，却在小沟中翻了船，那是他姐姐突然去世前两天发生的事。

196

十二

　　秋老虎咬起人来也够受的，仇鹏燕在市里参加工业系统的一个会议。散会，他刚走出大会堂，就被热浪掀得浑身火燎燎的。就在他走向轿车时，手机传来"老鼠爱大米"的歌声，他翻盖一看，不由一喜，是新上任的市委杨书记座机。杨书记可是仇鹏燕仕途上的大恩人，当初虽有小马向时任沙河县的杨县长美言，梁艳的舅舅也相应帮忙，但关键还是杨县长看中了仇鹏燕的大笔。杨书记是从邻市市长的位置升迁到黄淮市委书记宝座的。杨书记说："小仇吗，到我办公室来一趟。"仇鹏燕刚想问杨书记什么事，电话挂了。仇鹏燕揣摩，难道有什么重要事电话中不方便说吗？按道理杨书记一到黄淮我就该去拜访的，可我为了避免人说闲话，天天待在三河。仇鹏燕琢磨，新官上任，按惯例要不了多久得调整人事，县委书记、县长虽平稳地经历了那场风波，但不能说他俩像贾府门外的石狮子干净。难道杨书记有心栽培我？仇鹏燕本想散了会就回三河的，他叫司机立即前往市委。

　　仇鹏燕兴冲冲地来到市委大楼，杨书记正在看文件，示意他坐。仇鹏燕一肚子热情话被闷在喉咙里。良久，杨书记放下文件，对仇鹏燕笑容可掬地叙几句旧。仇鹏燕沉浸在幸福中。杨书记突然板下脸，"一枪"将他击呆了："小仇，市纪委报来的材料我看了，你跟我说实话，经济上有没有问题，如果有，赶快给我交个底，我好有数，能补救的我会保护干部的。"仇鹏燕明白，因前任市委书记经济案陆续牵涉的官员，如不是实质性问题，杨书记能挽救的都放一马。他不想一回故地就树大片敌对面。但仇鹏燕认为自己不是原市委书记的人，在经济上也没有瓜葛，一星半点的人情礼不算什么的。所以他迟疑半晌说："杨书记，我向党保证，经济上我绝对没有问题。"杨书记说："好，没有问题就好，不过，我给你三天时间考虑，如果有最好对我说。"

仇鹏燕不知道自己是怎么离开杨书记的，他没敢奔小别墅，也没敢跟梁艳通电话，而是苦着脸回到三河。到家时，他恢复了常态，他不想让李莉看出什么。草草吃点饭，进书房抽了好长时间的烟。

第二天他照常上班。

第三天凌晨天刚亮，床头柜上电话鬼似的叫起来，他一接听，傻了，电话是王三毛子打来的，说："仇哥，仇大姐去世了，你赶快回来。"仇鹏燕举着话筒泪就下来了，说："你瞎说的吧。"王三毛子道："仇哥，这玩笑能开吗，今早我路过你家门前，听到狗在屋里死命地嚎叫，没你大姐动静。我奇怪，村里人都知道，狗和你大姐形影不离的，你大姐不开门，该不会出事了吧，我又喊了两个邻居一起撬开门，见你大姐躺在床上一点动静都没有，忙把小吴先生喊来，小吴先生搭搭脉、翻翻眼皮，说夜里就殁了的。"

仇鹏燕着了慌，跟李莉说了一声："大姐去世了。"也不问李莉去不去，打电话叫司机立即将车子开到楼下。他驾车就奔老家。

家里围了不少人，一些是自发来帮忙的。仇鹏燕见大姐静静地躺在床上，脸上没有半点痛苦。仇鹏燕一路流泪来的，见了大姐却流不下来泪了，甚至连象征性的哭声也没有。小吴先生还在，他简单地询问几句情况。小吴先生说："仇县长，节哀顺变，看你大姐情形，是夜间突发心肌梗死去世的。"仇鹏燕点点头，对众邻居说："大家费心了，请你们帮我一道安排大姐后事。"他请人将仇春燕抬到堂屋，安放在冷铺上，又请人到集镇上购买装殓衣、租来冰棺，还请人打电话给亲戚报丧，找"帮办"（乡村厨子）等。事情料理差不多了，他从包里掏出一叠钱对小沙书记（沙队长的儿子）说："请你找几个木匠，以最快的速度打一口上好的棺材。明早天一亮将大姐火化了就下葬（风俗停尸三天）。"仇鹏燕接着道："沙书记，大姐生前跟我说过，去世后埋在黄河滩陪父母，我知道这样做违反规定，希望你能成全我大姐。"沙书记点头答应，刚赶来的白村长（白老书记的小儿子）也点头同意，说："仇县长，您的事就是我们的事，坟场本来就是葬先人的，民政部门平了两次坟也没有用。"

仇春燕无儿无女无夫，作为她唯一亲人的仇鹏燕应该守灵的。傍晚，几个表兄弟、表侄，问接完手机的仇鹏燕夜间守灵的事，没想到仇鹏燕阴着脸说："我有急事，请你们代劳吧。"驾车回城了。

众乡邻、亲戚看着绝尘而去的轿车颇有微词，认为仇鹏燕纵有天大的事也不该扔下大姐孤零零的遗体在屋里，要知道这是他姐姐留在这个世上的最后一夜了。让众人想不到的是，仇春燕养的那条狗原先一直钻在床底下，仇鹏燕走后，狗爬出来像人似的守在仇春燕遗体旁，狺狺了一夜。（仇春燕死后，狗一直流浪在汰黄堆，成了一条无人问津的野狗。然而就是这条野狗，几乎每天早晨和傍晚，都来到仇春燕的坟茔转几圈，然后消失在茫茫的黄河滩。）

次日蒙蒙亮，仇鹏燕赶回汰黄堆村。七时许，殡葬车来。去殡仪馆的只有几个亲戚，邻居们是不跟随的。一路上，显得单调凄凉。按风俗，仇鹏燕昨天就应该以小娅的名义找吹手，热热闹闹地办理丧事，哀乐得从家里吹到火葬场，再从火葬场吹到下葬的坟场。当时有邻居跟仇鹏燕提了这建议，仇鹏燕默然叹息一声，说："天太热，从简吧，再说小娅在上海读书，也赶不上回来给她姑妈戴孝后送的。"

九点半，仇春燕的遗体带着一生诉说不尽的情感、辛酸、孤寂缓缓地进了炉膛。仇鹏燕是在大姐被推送进炉膛的瞬间，眼泪像倒悬的黄河水汹涌下来的。

仇春燕化为了一抔骨灰出来了，仇鹏燕捧着姐姐的骨灰上了轿车。

回到汰黄堆，村里几个搞丧葬的人接过骨灰，按照仇春燕生前形状摆放进棺材。封棺时，仇鹏燕接了个电话。村俗，死者必须在中午十二点之前入土为安。

出棺了，仇鹏燕对表哥卜爱国说："大姐下葬的事就交给你了，我有急事就不去坟地了。"说罢，掏出一叠钱给卜爱国，说："丧葬费用尽着这钱用，再拜托表哥给大姐立块碑。"卜爱国阴着脸说："表姐这辈子不容易，你应该去的。"仇鹏燕不吭声，跟谁也没打招呼，钻上轿车，"呼"地开上了汰黄堆。年近九旬的老支书，望着滚滚黄尘中的轿车一脸困惑，半晌嘀咕道："出事了。"

在这个过程中，那条灰黑色狗苦着脸追随殡葬车到过火葬场，后又随送葬的人群去了坟地，而这一切仇鹏燕根本没有留心到，当然他也不可能去关注一条狗的行径。

仇春燕下葬后，村人对仇鹏燕不守灵、不送葬的行为骂声一片，对自始至终没露面的弟媳妇李莉也甚为不解，说仇春燕这辈子为了仇鹏燕不值，唯一的胞弟都不去送葬，仇家真无人了。

其实善良的村邻们误会了仇鹏燕挚爱姐姐的心，大姐去世，他比谁都难受。多年了，仇鹏燕知道，在家乡这块黄土地上，他第一个对不起的人是大姐、第二个人是黄德贵，如果说报恩的话，是终生报答不尽的，可从他懂事起直至他为官一方，他为比娘亲百倍的大姐做了些什么？又为恩重如山的姐夫做过什么？他说不出来，他唯有在归程的路上热泪长流的哀号："大姐不要我了，大姐不疼我了，大姐再也听不到我喊大姐了，我再也没有大姐喊了……"

那么他为什么匆匆回城呢？原来他被市纪委限时双规了，如果不是因为他姐姐去世的特殊性，他昨晚就被限制自由了。

十三

　　仇鹏燕被双规一个星期，李莉闹到了市纪委。当然她不是跟纪检部门的人闹的，而是大哭大吵大骂仇鹏燕不是人，坚决要和仇鹏燕离婚的。前几天李莉还为没能给大姑子送葬，感到不安，心里涌起愧意，虽然她不太喜欢大姑姐，但死者为大嘛，怎么说她也是丈夫的唯一姐姐，自己不该不去的。要怪只能怪丈夫没带她去，还对她特冷淡。可当大前天纪委和反贪局的办案人员找李莉谈仇鹏燕问题时，李莉震惊了，将对大姑子的愧意抛到九霄外，满脑尽想着仇鹏燕的事。她认为仇鹏燕不可能有问题，因为家中刨除按揭购房、小娅上学开支根本没有余款，也没什么值得人感兴趣的贵重物品。因此，她冷静下来，就与纪委的人大吵，说："你们肯定弄错了。"办案人员说："我们没有确凿证据，是不会轻易对处级干部实施双规的，你要理智地配合纪委工作。"李莉说："你们要我配合什么？家里的钱都捧给你们看过了，只有五千块钱存折，不信你们挖地三尺翻找好了，他有没有钱，我还能不知道？说仇鹏燕是贪官，这个世界上就没有好官了。"纪委的人并没有为难李莉，只叫她想好了再谈。李莉想，有什么好谈的，我心里坦荡荡，仇鹏燕一定是得罪什么人，被人诬陷了，一旦水落石出就出来了。

　　然而昨天下午，妇联一把手将李莉叫进了办公室，神秘地说："李莉，咱们是姐妹，有件事我不能不跟你说，这消息绝对可靠，是从纪委传出来的，仇县长在黄淮市区有一幢别墅，包养个情妇，你知不知道？咱可不能做灯下瞎。"李莉懵了，她好像不认识主席似的盯着主席看，看得主席心里发毛。主席道："我可是替你辩护的，说你绝对不知道。"李莉半晌才道声谢，拉开主席办公室的门冲了出去。

她来到大街上，脑瓜炸开似的疼，这可能吗？莫非仇鹏燕贪的钱都交给情妇了？这个妖精是谁？我一定要查清这件事。

李莉乘上一辆"黑"轿车，赶往市区黄河畔的别墅区，寻找主席说的有鼻子有眼睛的那幢别墅。

李莉在别墅区外，遇到了梁艳的前夫马小非。马小非鬼鬼祟祟的，也看到了李莉。马小非迎上来灾乐祸地问："李莉，你也知道了？我也是刚听说的，想不到梁艳这臭婊子和你们家老仇鬼混到一起，这对狗男女这下子有好戏唱了。"李莉张了张嘴没吱声，掩着鼻子哭跑了。

李莉一口气奔到少人踪的黄河边，感到天塌了，丈夫是贪官，自己竟然不知道，更不可饶恕的是情妇竟然是自己多年的闺蜜、同学、做过她媒人的梁艳，这对狗男女，做得这么天衣无缝，根本就没拿她李莉当人看。

李莉不是来跳河的，她只觉得有一河的怒气，却又不敢像黄河水似的怒吼，只能抑着嗓门低沉地悲泣。黄昏在李莉的悲鸣声中来临了，她擦了擦泪眼，没有去黄河对面的娘家，她觉得无脸见娘家的人，娘家人一直以她两口子为骄傲，现在脸面算彻底丢尽了。李莉也没有回沙河小区，而是住进了市区的一家宾馆。

李莉经过了风云震荡的一夜煎熬，第二天早晨八点半钟，便满脸怒火地走进反贪局的大门。

办案人员似乎知道李莉会主动地来找他们的，故而满腔地希望李莉配合他们的工作，让仇鹏燕彻底交代问题。岂料李莉根本不理这茬，而是以死相要挟，提出与仇鹏燕离婚的。这倒大出办案人员意料之外。当然了，在仇鹏燕问题没有搞清楚之前，李莉要求离婚是不可能的，她根本见不到仇鹏燕，让办案人员将离婚协议书转交给仇鹏燕签字，也被压下了。

李莉不甘心，多次到纪委要横，搞得办案人员头疼，只好委托三河县委、县妇联人员做李莉的思想工作，待案子了结，随她怎么处理这案外的婚姻都成。

仇鹏燕被双规后，倒也积极配合办案人员工作，不过，在三个月漫长的日日夜夜里，仇鹏燕始终只是那句话："那套别墅是大发房地产开发公司高管梁艳的私产，因她暂时用不着，借给我闲暇时读书、写作用的，产权人是梁艳，非我仇鹏燕。我承认跟梁艳走得近，因为我们是老同学，又有招商引资上的工作关系，如果说有什么不妥，就是不该对醋劲大的李莉隐瞒。"三个月的日日夜夜，办案人员走访许多可能涉案人员，搜过仇鹏燕的家、别墅、沙河的老房子，甚至连汰黄堆村仇春燕的遗宅都搜查过。但没有找到任何可以立案的钱物，这和当初纪检部门收到举报信，称仇鹏燕有一幢来历不明的别墅、包养情妇大体吻合。不同的是梁艳出具的房屋产权证及由仇鹏燕亲笔签了歪歪扭扭名字的别墅借条，证明别墅确是梁艳私产，而非大发房地公司赠送。至于名字为什么写得这么难看，仇鹏燕解释，借房时其实心里很纠结，害怕惹出不必要的是非麻烦，犹豫不决才签成那样的，而梁艳当时也没当回事，说不过一个形式，不怕一个堂堂的县长赖老同学的房子。那么包养情妇一说就更不成立，梁艳的薪水比仇鹏燕高出十倍，指不定谁包养谁呢。当然这是笑话。

办案人员原以为以包养情妇为突破口，挖出一条大鱼的，结果连条小鱼也没有捞着，极为伤脑筋。卷宗反馈到杨书记那儿，杨书记将材料看了多次，又放了一星期，下指示，暂时放人，仇鹏燕不可离开黄淮地区，外出必须经纪检监察部门同意，方可履行请假手续，再做进一步调查。

关于李莉诉求离婚一事，仇鹏燕在释放前三天才知道，他没有震惊，也未动气。李莉来接他出去的那天早晨，他很平静地看了一遍李莉甩给他的离婚协议书，没有什么复杂内容：三河的房子归李莉，沙河的房子归仇鹏燕，家具电器在各自室内的归各人。女儿小娅随李莉生活，仇鹏燕每月支付小娅八百元生活费，至小娅工作拿第一个月工资中止。学杂费由李莉、仇鹏燕共同承担，直至大学毕业。未完善处，俩人协商解决。

仇鹏燕没有持任何异议，对李莉鞠个躬，说声："对不起！"就签了字。

李莉拿着她自行拟订被双方签了字、尚未具备法律效力的离婚协议书，一句话没说，哭了。

仇鹏燕和李莉走上市区大街，就与李莉分了手。他回到沙河小区第一件事就是将扔了多年的自行车推到修车摊子收拾一下，匆匆赶到汰黄堆村看望葬在黄土地下的姐姐，以弥补那天未能送姐姐下葬的遗憾。

仇鹏燕出来当天，民间谣言鹊起，说这人了不得，软硬都能化解，他那位置，不捞个千儿八百万才怪。当然，这些都是没凭没据的猜测而已。

末记

仇鹏燕闲居期间，处理结果下来了，鉴于他的生活作风问题，为严肃党纪、惩治道德败坏不良行为，给于仇鹏燕党内严重警告、行政降三级处理决定。半年后，仇鹏燕作为副主任科员，被安排到沙河县农业局。局班子将他充实到农业一线，说他做过乡官，有一些特长的。仇鹏燕明知罪有应得，却感觉心里憋屈，但只有老老实实服从。庄上人知道仇鹏燕被处理，觉得他为滚女人肚皮断送大好前程，不值得，人啊，在什么情况下，还是自律好。

仇鹏燕知道自己没脸见村人，到县农业局报到前一天，于夜色降临后，悄悄地带着"太平"回汰黄堆村，将它寄养在邻居王三毛子家。三毛看着萎靡不振的仇鹏燕，摸抚狗头安慰道："仇哥，哪里跌倒哪里爬，放心吧，我们家会照顾好你大姐的狗。"然而第二天晚，仇鹏燕刚回到小区简陋的家，王三毛子电话追来：狗跑了，家里老老少少找了一天，也没有看到"太平"的影子。

仇鹏燕以为狗会来城里找他的，可时间一天一天过去，直到仇鹏燕调往曾工作过的双河镇任副镇长，让他去跟农业零距离接触，也没有见到狗的踪影。

前往双河的前几天，仇鹏燕独自一人来到汰黄堆坟场，给姐姐圆坟、烧纸钱，简办了民间风俗三年脱孝的有关事。

　　纸钱化为灰烬，仇鹏燕给大姐磕头时，想到了那条失踪已久的灰黑色狗，不由怅然若失：难道"太平"追随大姐去了？